U0919212

纪德 · 道德三部曲

André Gide
L'immoraliste

违背道德的人

〔法〕安德烈 · 纪德 著　马振骋 译

人民文学出版社
PEOPLE'S LITERATURE PUBLISHING HOUSE

图书在版编目(CIP)数据

违背道德的人/(法) 安德烈·纪德著; 马振骋译.
—北京:人民文学出版社,2018
(纪德·道德三部曲)
ISBN 978-7-02-014055-8

Ⅰ.①违… Ⅱ.①安… ②马… Ⅲ.①长篇小说-法国-现代 Ⅳ.①I565.45

中国版本图书馆 CIP 数据核字(2018)第 063711 号

责任编辑 **甘 慧 张玉贞**
封面设计 **汪佳诗**

出版发行 **人民文学出版社**
社 址 **北京市朝内大街 166 号**
邮政编码 **100705**
网 址 **http://www.rw-cn.com**

印 刷 **上海利丰雅高印刷有限公司**
经 销 **全国新华书店等**

字 数 **99 千字**
开 本 **890 毫米×1240 毫米 1/32**
印 张 **5**
版 次 **2018 年 6 月北京第 1 版**
印 次 **2018 年 6 月第 1 次印刷**

书 号 **978-7-02-014055-8**
定 价 **45.00 元**

“我要称谢你，我的上帝啊，因我受造奇妙可畏。”

《圣经·诗篇》第一百三十九篇第十四节

目　录

导读：作为个人，我们能走多远？

袁筱一

一

我对纪德的阅读是从教科书开始的。法语教材中选了他的一段《梵蒂冈地窖》，是主人公拉夫卡迪奥在火车上实施“无动机犯罪”，杀死素昧平生的阿梅代·弗勒里苏瓦尔的一段。“无动机犯罪”后来成了纪德在第一次世界大战后声名远播的一个突破口，然而最初吸引我的却是节选的开始，让人可以奇怪地联想起中国皮影戏的一小节描写：

> 火车正沿着一道斜坡行驶，透过玻璃窗可以看见斜坡，从每个车厢投射出的光照亮了它，因此形成一连串明亮的方块，它们沿着铁道跳动，又因地势起伏而轮流变形。在其中的一个方块中，可以看见弗勒里苏瓦尔荒诞可笑的身影在跳动，其他的方块都是空的。

就在这一段描写之后，镜头就切进了火车里，并且直接进入拉夫卡迪奥的内心，落在他决定对阿梅代下手的纠结上。没有一丁点生涩，皮影戏一般的“方块”是从“上帝之眼”所瞥见的外部世界到拉夫卡迪奥内心世界的唯一过渡。

十几年过去了，我依然对纪德轻而易举实现的镜头切换赞叹不已。在每一年的四年级法语精读课上，我几乎是着魔一般地重复着一个伟大的小说家如何在大半个世纪前就已经注定让电影这样的视觉艺术永远望尘莫及。

当然，纪德的重心是在“一连串明亮的方块”所映照出的“内心世界”，而无政府主义者拉夫卡迪奥所在的只是“其中的一块”。我们应该对其他方块中的“影子”更为熟悉：《伪币制造者》中的贝尔纳，《窄门》中的杰罗姆 / 阿丽莎，以及——如果我们按照时间的顺序来完成对纪德的总体阅读——位于“一连串方块”前端的、《违背道德的人》中的米歇尔。

二

《违背道德的人》是纪德的早期作品，最初出版距今已经一百多年。小说篇幅不长，基本上由主人公米歇尔的自述构成。米歇尔的历程说来平常，但却不失丰富，旅行、生病、婚姻、爱情，直到最后失去妻子，获得他自己也不能够完全接受的自由……米歇尔是一个博学的人，通晓拉丁语、希腊语、希伯来语、梵语、波斯语和阿拉伯语，“博古通今的大学者都把我看成同行”。出于对“父亲的温柔的爱”，在父亲弥留之际他遵照父亲的遗愿娶了玛塞琳为妻。虽然是不爱，然而他“至少也没有爱过其他女人”。婚后，两人出发去北非，途中，米歇尔大病一场，已经触碰到了“死神的翅翼”。而在比斯克拉安顿下来之后，玛塞琳将一些阿拉伯小男孩带入了米歇尔的生活。望着他们健康的身体，米歇尔惊慌地发现自己“开始爱上了生命”，开始与死神搏斗。他的健康在渐渐恢复，对真实、温暖、肉质的生命也有了重新认识。

康复的米歇尔带着玛塞琳前往意大利，在意大利，他们有了完美真实的爱，他也试图用自己的温情回报玛塞琳对他的爱。并且，与此同时，他在巴黎的法兰西学院得到了一个教职。在就职前，为了在“安静的环境里进行研究”，米歇尔在母亲的产业——诺曼底的茂里尼尔停留了一阵子，在那里与老管家博卡奇的儿子夏尔相处甚欢。

然而在巴黎，米歇尔的生活再一次受到了冲击。无聊的学院氛围，哲学家朋友梅纳尔克的尖锐，加上玛塞琳的流产。出于想让自己的妻子尽量早日康复的愿望，他带着玛塞琳又一次开始了旅行，是与上一次旅行正好相反的路线：从茂里尼尔到了瑞士，然后又从瑞士南下到了意大利，再次到了比斯克拉，最后到了图古尔特。玛塞琳死了，米歇尔得到了绝对的自由，他开始了一种无所事事的生活，直至让他的朋友们来到图古尔特，他对他们说：

> 请你们现在把我从这里带走，告诉我生活的理由。

这句话如此哀怨迷茫，能够让所有人想起在信仰途中的迷失。然而这迷失又是如此真实，真实得会让人对自己仿佛从来都不能超越的软弱、怀疑产生由衷的怨恨。

三

对于《违背道德的人》，评论界很喜欢将之视为自传性的小说。的确，那个在上帝与真实、理性与堕落、男人与女人之间徘徊的米歇尔，那个带着妻子——而且同样是在搞不清楚什么是爱的时候就有了婚姻——在意大利、北非、瑞士游荡的，倘若不是纪德，又能是谁呢？只是，小说家很讨厌类似的诠释，因为在他们看来，过分关注作者的生活从来就不意味着作品得到了最大程度的理解。

但是话说回来，对于包括纪德在内的一些作家，如果要撇清他们的生活和作品，那对于批评界来说还真是个难题。纪德活了八十多年，经历第一次世界大战和第二次世界大战，经历了从德雷福斯事件开始的知识分子种种“介入”的可能，也经历了文学从传统走向现代、从救赎走向毁灭的过程。

作为纪德小说创作的开始，《违背道德的人》实际上只有一个焦点问题，那就是，米歇尔在何等程度上是一个“背德者”？他违背的是怎样的道德？同性恋？自由的生活？在信仰前徘徊？不相信救赎？在精神与肉体之间的游移？甚至，有这么一点点——恋童癖的倾向?

然而《违背道德的人》什么也没有说，它只是一个人在面对生活的时候所持有的**真实**态度。一切都是在评论界与纪德本人联系在一起后才产生的问题，不论是信仰也罢，还是同性恋也罢。我们都知道，纪德给人最深刻的印象就是他一直生活在“矛盾”之中：在清教徒的家庭教育中长大，文质彬彬，温文尔雅，却拥有一颗最为叛逆的心——在正视自己的同性恋倾向这个问题上，他的战斗性绝不输于王尔德和兰波；一生都与天主教纠缠不清，却在生命的最后也没有能够成为真正意义上的天主教信徒，为此，他付出了与同时代的保罗·克洛岱尔、弗朗索瓦·莫里亚克等伟大作家交恶的代价；曾经对共产主义产生极大兴趣，然而1936年从苏联回来之后却站在反对当时苏联专制体制的最前沿；他的一生是知识分子“介入”一生的典型代表：在反殖民主义、反法西斯主义的斗争上从来都是坚定的斗士，但是，与萨特不同的是，他并没有将文学创作纳入所谓的“介入”行动。

上述的一切却只是纪德在生活中的“矛盾”。在《违背道德的人》的前言里，纪德也有和自己的生活撇清的愿望，他说“我不愿意在这部书里控诉或者赞颂”，因为“一部作品的真正意义与当今的读者对它表示的兴趣，是非常不同的两回事情”。这应该是在从《违背道德的人》开始纪德就已经坚定下来的对文学的态度。并且，它在某种程度上说明，纪德并非我们想象中的那么矛盾。

四

今天，我们不再会怀疑，如果说到文学——或者说小说，如果我们赞成昆德拉对于“小说”的定义和他对“小说”的偏爱——的现代性，在法国，他和普鲁斯特应该是具有决定性贡献的两个人。尽管，纪德一生中最为追悔的错误之一，是在1912年，他执掌新法兰西杂志的时候，作为审稿人，以“过于贵族气”为由，拒绝过普鲁斯特《在斯万家那边》的出版。

当然，对于“现代性”，尤其是对于文学的“现代性”，我们可以有繁复的、多重的定义，正如贡巴尼翁所说的那样，“（现代性）并不指向清楚、明晰的观念，也不指向封闭性的概念”。然而我们同样可以简单地面对文学的“现代性”这一概念。实际上，在文学上，区分所谓的古典与现代，只在于对文学的“真实”和“价值”问题所给出的答案。而在这一点上，看似矛盾的纪德从来没有变化过。

《违背道德的人》中的米歇尔是一个真实的人，虽然就行为而言，他并没有突破任何社会规范意义的“道德”，但是他却违背了一直以来，西方道德评判和价值评判的根本前提：那就是在成为有逻辑的叙述——适用于一切谓之为文学的东西——之前，意识本身就应该被置于某种价值框架之内。米歇尔没有遵从这个前提，他在对朋友叙述三年以来的生活时，没有对记忆进行选择。

所以米歇尔说：

我很少了解妻子，想来妻子不见得更多了解我……

他还说：

他（上帝）帮助后有权利要求我谢恩。这样我有了义务；我不愿意承担……

他更进一步地阐述道：

可是我还是说不清我说的“生活”是什么，也说不清我向往一个更广阔、更自由、不那么受别人牵制、不那么顾忌别人的生活，不就是我感到约束的一个非常简单的秘密么；这个秘密我觉得要神秘得多：我想这是一种重生的秘密；因为我在其他人中间依然是个陌生人，像个从阴界回来的人。

最后，当生活经历了它或迟或早都会呈现出的变化——婚姻、疾病、死亡、孤独——之后，他彻底地迷失了，再三要求自己的朋友“带走”他，他说：

当你们刚刚认识我的时候，我的思想坚定不移，我知道这样才会造就真正的人；现在我不这样想了……把我从这里带走吧；我自己已无能为力了。我的意志中有什么东西垮了；

我甚至不知道从哪里获得力量离开埃尔唐塔拉。有时我害怕被我取消的东西在进行报复。

如果我们真的将米歇尔视作纪德本人，他们的相似性可能在这里：纪德也是一个从传统意义而言违背“文学道德”的人。他相信小说有其应该遵从的真实。如果说小说是一个想象和虚构的世界，这个世界存在的价值就在于向已有的任何既定“道德”的边界提出疑问，以真实的态度和方式。米歇尔这么做了，他不粉饰自己的任何行为，不试图解释，也不试图走上某种轨道，更不试图以“革命”的名义，建立某种新的道德边界——这是纪德与萨特的区别。

米歇尔因而使我们想到后来的、能够成为“现代传统”的典型人物。不仅仅是纪德笔下的其他人物（例如拉弗卡迪奥）。读完纪德，我们或许能够更好地理解加缪在《局外人》的序言中，谈到默而索的“真实”时所说的，“一种具有否定性的真实，存在和感受的真实”，并且，倘若“没有这样的真实，任何关于自我的征服都是不可能的”。

五

纪德认为，过于强调《违背道德的人》中的米歇尔就是他，在某种程度上是对其作品的误解，但是这样令其恼火的误解在《窄门》出版的时候又重演了一次。只是这一次，人们不再局限于性别的区分，将阿丽莎归在他的身上。这种归类大约一直到《伪币制造者》才算平息，因为《伪币制造者》突破了纪德一贯偏爱的小长篇篇幅，出现了多个人物以及还算复杂的情节，令归类无法进行。

在纪德自己的设计中，《违背道德的人》是《窄门》的对称作品，“精神上是同步进行的”，虽然《窄门》的出版比《违背道德的人》要晚上几年。在纪德的创作年表上，时间顺序倒是一个最微不足道的方面。

如果我们仔细思量其中的关系，我们可以发现，纪德否认的并非米歇尔与他的相似性——我们从来都不应该怀疑，任何一个小说家的早期作品都有从对自己的想象开始的倾向。米歇尔的确是纪德，但更为重要的事实是，他只是众多纪德当中的一个。或者说，是纪德的众多可能性当中的一个。后来的阿丽莎也是，甚至《伪币制造者》中的贝尔纳，《梵蒂冈地窖》中的拉夫卡迪奥都是，并不因为这些人物的“恶毒”，或是在行为上走得更远、更加惊世骇俗而有所分别。

小说是对于一个人存在的可能性的探索，而小说家也必须承担起这样的责任，否则，他就是不道德的。这番在八十年后由小说领域的著名斗士昆德拉用更为激烈的方式提出的言论早在《违背道德的人》中就已经被表述得清清楚楚。米歇尔不是对已有的纪德的描述、总结（颂扬或者批判），而是对包括纪德在内的人的存在境遇的追问。“活着”究竟是什么？通过米歇尔这个人物，纪德告诉我们，在我们与“死神的翅翼”擦肩而过的时候，我们会陡然间对生命有最真实、最激烈，同时又是最不可能描述的索求。那么，人类已然存在的文明所设置的那些“生活”又是怎么一回事情呢？米歇尔的思考是：

> 首先我从某些小说家和诗人的作品里，可以希望获得对生活较为直接的理解。但是即使他们对生活有这种理解，必须承认他们并不表示出来。我觉得他们大部分人不是在生活，只是装得在生活就满足了，甚至还有点儿要把生活看作不利于写作的障碍。我不能以此责备他们，我不敢肯定我不会犯这样的错误……

从这个意义上说，《违背道德的人》的确可以被看作纪德小说创作的一个起点。从此之后，纪德在自己的作品中不断出走，甚至人为地将自己真实的生活与小说对于个人存在的探索混在一起。除了《窄门》、《恶伪币制造者》和《梵蒂冈地窖》之外，第一次公开为同性恋辩护的《田园牧人》以及自传作品《假如种子不死》更为纪德没有清晰表述过的文学使命做出了补充性说明：如果说文学是对真实的探索，是对存在的可能性的探索，与真实生活的有限性相反，这种探索却是永无止境的。

六

使命或许太沉重。在一个世纪之后我们仍然喜欢纪德，完全可以出于别的原因。

原因可以是纪德对于生命温和的嘲讽——我现在不怀疑，这可能是我们在这个世界存活的、唯一健康的方式。

有一个小故事愉悦过很多人，即使在今天的这个“后”时代也仍然不失其愉悦性：在纪德去世后不久，因为《梵蒂冈地窖》中对教会的冒犯而与之交恶的莫里亚克收到了纪德的一封电报，上面写着：**没有地狱。你可以开溜了。通知克洛岱尔。**署名——**安德烈·纪德。**

的确，没有地狱。因此，所有的选择在最真实的生命面前，或许都是不重要的，撇开道德，仅仅是一种真实的态度而已。这也是为什么，因为“介入”生活而历尽幻灭的纪德在三十年代末期又开始重新回到文学的领域，对于他来说，文学与真实生活是等义的。都是可以触摸的、肉质的生命。从当时的苏联回来之后，他后悔自己“忘记了生活”，而他曾经“非常擅长”。

然而没有边界真是一件很美好的事情吗？其实纪德并不知道。至少在写作《违背道德的人》时他不知道。小说最后，米歇尔对“漫无目的的自由”是忧惧的。他再三恳求朋友们把他带走。因为他不知道，作为个人，我们究竟能走多远？纪德提出了这个文学才能提出的“问题”——倘若我们同意作者的说法，暂且称之为“问题”。他知道的只是，这是一个没有答案的问题。我想，他应该为身后的世界也留下了一份电报，上面写着：**没有边界，这才是真正的地狱。你们无处躲藏，我在同一个世界等着你们。**

译　序

纪德和普鲁斯特可以说是二十世纪法国文坛的双峰，虽然形态不同，但各有各的气势。正如纪德传记作家克洛德·马丁说的，若要进入普鲁斯特的世界，只需阅读他的《追忆似水年华》，若要进入纪德的世界，不但要阅读他的三四十部主题各异、有时还相互抵触的小说、游记、戏剧、诗歌集、“傻剧”，以及篇幅浩繁的日记，还要读他跟当代文人、艺术家、朋友、普通人交换的近二万五千封信，且不说至今还封存在都塞图书馆的八十几本小册子，从中恐怕也会有新发现。

纪德悠悠一生过了八十二年，从一八六九年到一九五一年，经历两次世界大战，各国边界重新划定，强国势力此消彼长，风俗习惯有了翻天覆地的变化。纪德对现实生活中的潮流、趋势、变迁均感兴趣，宗教、性、政治等问题在他的作品中都有反映。他不但是时代的见证人，也是时代的创造者，因而被人称为“二十世纪的歌德”、“大写的现代人”。

在“介入文学”这个名词被人们接受以前，纪德就毫不犹豫地让自己和作品介入时代的斗争中，反对殖民主义和法西斯主义，谴责极权统治，为同性恋辩护，主张打破禁锢人性的清规戒律。然而他立志要做的是文学家，时刻关心自己作品的文学性和风格，认为这高于其他一切。他在一九二一年十二月七日的日记中说："我的问题不是怎样成功，而是怎样长存。很久以来，我只是试图在上诉时赢得官司。我写作只是让人一读再读。"

让人一读再读，这是纪德作为作家的责任感。如今纪德逝世整整五十[①]年，当然已经不是一个"当代人"，也不再是新一代青年的精神导师，他的作品中表现出孤郁的诗人气质、敏锐的洞察力，明净的文笔，让人读了不仅留下隽永的回味，同时也钦佩他直面人生的勇气。他的书给他带来许多荣誉，也给他招来不少詈骂、仇恨，最终他的全部作品还被列入梵蒂冈教廷的禁书目录。纪德是二十世纪第一位倡导风俗革命、吹响自由号角、提出不要沉溺过去奢望未来而要掌握眼下一时一刻的作家。他还提醒人们去享受感觉。

纪德出生在一个新教徒家庭，从小接受严格的加尔文教义，灌输了满脑子的教规禁忌。正是这些强制性的清规戒律，在这名文质彬彬的青年心里产生了适得其反的结果，他要打破清教徒的桎梏，在作品和行为中大胆表现真正的自我。

克洛德·马丁在纪德传记中提出三方面对纪德的影响：歌德、王尔德和北部非洲。他从歌德的作品中认识到要敢于向人生索取它提出的美好感觉，把幸福看作一种必须履行的天职。他追随王尔德《格雷的肖像》中包含的异教徒的自然主义，这成了他少年时接受的虔诚的解药。最后是在北非，特别是在他

① 本书根据译者十七年前的译本修订出版，那时是纪德逝世五十周年。——编者按

喜爱的阿尔及利亚，大自然唤醒了他心中潜伏着的被压抑的本性。他不接受什么心理学家、精神分析专家转弯抹角的解释，而是直截了当地提出同性恋也是一种自然性格。

不过在纪德的作品中，欲望不是跌入陷阱，走进死胡同，就是要用谎言来掩盖。《违背道德的人》中的玛塞琳在米歇尔自我标榜的新生活拖累下，既得不到爱情，也成不了母亲，在怨恨中撒手人寰。在纪德所处的后尼采时代，神与普遍观念已经消失，人在寻求新价值，指导自己的行为，既误解了别人，也误解了自己，无法掌握彼此的欲望，对人生形成一种滥用与糟蹋。《窄门》中的阿丽莎，追求圣洁超过追求情爱，屡次违心拒绝表弟杰罗姆的求婚。她要保持童贞，把爱献给上帝，盼望在主的面前跟表弟永久结合，最终孤独死去时才感悟到自己生存的虚伪性。《田园交响曲》[①] 中的牧师，起初好心地收养了一名无家可归的盲女。尽管妻子屡次暗示他要提防自己的爱心与爱德，但这种感情最后还是转变成了爱情。牧师培养塑造吉特吕德，慢慢有了自己的企图。可是当吉特吕德一旦眼疾治愈，发现了牧师的虚伪，不但向她隐瞒他们的爱情造成的痛苦，也让她错失了获得幸福的机会。她想的是她看不到的那个人，她看到的却不是她想的那个人；为了内心的平静，她不得不让自己脱离这个世界。

---

① 《田园交响曲》原文为 *la symphonie pastorale*。主角是一名牧师，“牧师”在法语中为 pasteur，pasteur 的形容词为 pastoral(e)，因而有的批评家指出纪德使用这个书名，另有一层含义是暗指“牧师的心曲”。

在这三部以道德为题材的小说中，有一个共同点，即书中的女性均处于新旧观念的旋涡中，年纪轻轻又都香消玉殒了。纪德只是到了一九三〇年发表的《罗贝尔》中——这与《女人学校》、《吉纳维也芙》组成另一个三部曲——才让女主角吉纳维也芙决定在由男人决定一切的社会中摆脱樊笼的束缚，找寻自己的道路，不但要求性爱的自由，还要求有养育非婚子女的权利。

又过了三十多年，在一九六八年法国掀起了震动全国的六月八日运动，在那次运动中，青年提出：我们要做自己身体的主人。而他们中间只有少数人依然记得，他们的先驱是安德烈·纪德。

一切有益的话，都是种子，撒播在人的心田里，总有一天会破土发芽——《如果种子不死》，这也是纪德的一部自传的书名。

马振骋

前 言

这部书是什么，也就是我要说的什么。这是一枚味道极为苦涩的果子，犹如沙漠中的药西瓜，生长在晒得发烫的地方，见了不但不解渴，反而会感到舌敝唇焦，但是在金沙地上倒也颇为好看。

要说我把我的主角作为楷模，必须承认我写得很不成功。少数怪人对米歇尔的所作所为很感兴趣，却又道貌岸然地羞辱他。我不是无缘无故把玛塞琳写得十全十美；这样米歇尔不顾她而只顾自己，得不到大家的谅解。

要说我把这部书作为对米歇尔的控诉状，我也同样不成功，因为没有人会因对我的主角愤慨而感激我——这种愤慨不是由我产生的，但还会因米歇尔而迁怒于我，大家就是乐意把我跟他扯在一起。

但是我不愿意在这部书里控诉或者赞颂，我不做任何评论。今天的读者再也不会原谅作者在描述故事以后，既不说是也不说否；不但如此，他们还要求他一边讲故事，一边对阿尔赛斯特或菲兰特[①]，对汉姆莱特或俄菲丽娅[②]，对浮士德或玛格丽特[③]，对亚当或耶和华[④]，都要明确表态。我当然不敢妄说保持中

① 莫里哀《嫉世者》中的两个人物。
② 莎士比亚《汉姆莱特》中的两个人物。
③ 哥德《浮士德》中的两个人物。
④《圣经》中造物主和造物主创造的第一个人。

立（我也想说：迟疑不决）是大智大慧的可靠标志；但是我相信不少大智大慧的人确实很讨厌下结论，提出一个问题并不是设想这个问题已经解决。

我在这里违心使用“问题”二字。说实在的，艺术中不存在问题——艺术作品本来就不足以解决问题。

如果把“问题”理解为“戏剧冲突”，那么我要说的是这部书叙述的戏剧冲突，虽然只是发生在我的主角的心灵中，却也具有普遍意义，不是局限于他的奇特遭遇中。我不妄称发明了“这个问题”，这在我的书出版前就存在了；不论米歇尔战胜还是屈服，这个“问题”会继续存在。作者也不提出胜利或者失败已成定局的问题。

要说少数俊彦人杰看了后，说这场戏剧表现的只是一个怪病例，本书主角只是一个病态人物；要说他们不认为这人心里会萦绕一些急迫、具有普遍意义的想法，这不能是这些想法或这场戏剧的过错，而要归咎于作者，我的意思是归咎于作者的拙劣，虽则他在本书中倾注了满腔热情，流尽了眼泪，耗尽了心力。但是一部作品的真正意义与当今读者对它表示的兴趣，是非常不同的两回事。我相信说这话并不是自命不凡：宁可写有意义的东西遭到一时的冷落，也不愿只图眼前的成功而去迎合爱听闲扯的读者。

目前，我不求证明什么，我只求把情景清晰地描述。

致D.R.议长先生

致 D.R. 议长先生

189× 年 7 月 30 日西迪・B.M.

亲爱的哥哥，是的，你想得不错，米歇尔对我们说了。他跟我们谈的事附在后面。你要求这样做，我也是这样答应你的；但是在付邮之际我还在犹豫，这个故事我愈读愈觉得可恶。啊！你对我们的朋友会有什么样的想法？此外我自己又是怎么想的呢？我们简单地对他谴责，否定人的天性会变得如此冷酷无情？但是我怕的只是今天已不止一人敢于在这则故事里认出自己。大家会不会去创造性地利用这方面的才智与力量——还是拒绝这些才智与力量的存在权利？

米歇尔可以为国家效劳什么？我承认我不知道……他必须要有一个工作。你功勋卓著，而今身居高位，掌握实权，能不能为他谋个位子？——而且要快。米歇尔有热情，目前还是这样，过不久只会对自己如此了。

我在蓝天下给你写信；德尼、达尼埃尔和我来了有十二天，没见到一片云彩，阳光始终灿烂。米歇尔说两个月以来天空一直是碧青的。

我既不忧伤，也不欢乐；这里的空气使人的内心感到朦胧兴奋，陷入一种好像同样远离欢乐和苦恼的境界；可能这就是幸福吧。

我们留在米歇尔身边，都不愿意离开他，你读了下面的记述就明白为什么了。我们在这里，在他的家里，等候你的回音。请勿延宕。

你知道米歇尔、德尼、达尼埃尔和我在中学时即为好友，并且随着时间更加亲密。在我们四人之间有一种契约：其中一人发出召唤，三人必须应声前来。因而当我接到米歇尔这声神秘的呼救信号，我立刻关照达尼埃尔和德尼，三人抛下一切就动身了。

我们已有三年没有见到米歇尔。他结了婚，带了妻子旅游；当他最后一次途经巴黎时，德尼在希腊，达尼埃尔在俄罗斯，我——你知道的——守在我们父亲的病榻旁。我们还不至于失去彼此的音讯。西拉和维尔见过他，给我们传过来的消息却使我们惊讶不已。他身上起的变化我们还无法解释。他已不再是从前那个博学多才的清教徒，举止过于自信而显呆板，目光这么明亮，以致我们在他的注视下说话往往不敢过于放肆。这是……他的故事会告诉你这一切的，何必在此多说呢。

我把德尼、达尼埃尔和我听到的故事如实给你寄去。米歇尔在他的平台上说着，我们挨着他躺在树荫和星光下。等故事讲完，我们看到原野上升起了太阳。米歇尔的房子矗立在原野上，俯视离此不远的村庄。天气炎热，庄稼都已收割，这片原野看来就像沙漠。

米歇尔的房子虽然简陋奇特，却很迷人。冬天冷得叫人难受，因为窗上没有玻璃，或者可以说根本没有窗，只是墙上凿了几个大洞。天气那么好，我们就露天躺在席子上。

我还要跟你说的是我们一路上很顺利。晚间抵达这里，热得全身乏力，饱览了新奇美景，只是在阿尔及尔和君士坦丁曾稍作停留。在君士坦丁一列新火车把我们送到西迪・B.M.，那里有一辆马车等着。公路离村子很远就断了。村子坐落在一个山顶上，犹如翁勃里的某些小镇。我们步行上山，两头骡子驮运我们的箱子。从这条路上去，米歇尔的房子位于村口第一家。花园四周一道矮墙，或者说被土墙围着，园子里长着三株歪歪斜斜的石榴树和一棵挺拔的夹竹桃。那里有一个卡比尔孩子，一待我们走近就毫不在乎翻墙逃跑。

米歇尔接待我们时并不表现出快乐，他非常随便，好像害怕流露感情；但是先在门前，神色庄重地跟我们三人一一拥抱。

夜色降临前，我们没有说上十句话。客厅里准备了一顿十分清淡的晚餐，客厅装潢富丽堂皇令人惊讶，但是米歇尔的故事会向你说明一切。然后他给我们递上他精心煮烧的咖啡。然后我们走上平台，从那里看出去一望无际，我们三人就像约伯[①]的三位朋友等待着，同时欣赏火红的原野上白天突然无影无踪。

当天黑时，米歇尔说——

① 《圣经》中的人物，困难时曾受挚友帮助。

第一部分

第一章

亲爱的朋友，我早知道你们忠诚可靠。我一召唤你们就赶来了，我对你们也会这样做的。毕竟你们已有三年没有见到我了。你们的友谊未因离别而淡薄，但愿也不会因听了我要对你们说的故事而受损。因为，我突然召唤你们，要你们长途跋涉来到我的住地，只是为了我见你们一面，也为了你们可以听我倾诉。我除了要跟你们诉说以外不要求其他支援，因为我到了人生的这个阶段已无力逾越。这不是厌倦。但是我也说不明白。我需要……我对你们直说了吧，我需要说话。懂得追求自由，这不算什么；难的是知道做个自由的人。——请允许我谈一谈自己；我就要向你们叙述我的生活，简单自然，既不自谦也不自豪，比我自言自语还要简单自然。听我说吧。

据我记得，我们最后一次见面是在昂热郊区的一座乡村小教堂，那里正在举行我的婚礼。宾客不多，到的都是至亲好友，使这场平常的婚礼成了一次激动人心的仪式。我觉得大家都很感动，这也使我自己很感动。从教堂出来，我们聚集在妻子的娘家。吃了一顿没有笑声、没有欢叫声的便宴。然后一辆租车按照习俗把我们带走了，在我们心中提起婚礼必然联想到离别的车站码头。

我很少了解妻子，想来妻子不见得更多了解我——这并不使我难受。我不是出于爱而娶她的，更多是抚慰父亲，他临危前担心撇下我一人在世上。我温柔地爱父亲。他病笃时由我照顾，我在这些悲惨时刻一心想给他好好送终。因此我对人生还一无所知，却把自己的一生押了进去。我们在弥留者的床边举行了订婚礼，听不到笑声，但是自有一种庄重的欢欣，因为父亲内心平静多了。我要说的是，虽然我不爱未婚妻，至少也没有爱过其他女人。这在我眼里看来足以保证我们的幸福了。我还不认识自己，却相信向她奉献了自己的一切。她也是一名孤女，跟两个兄弟一起生活。她叫玛塞琳，刚满二十岁，我比她大四岁。

我说我不怎么爱她——至少我对她感受不到大家所谓的爱情，不过若是把爱情理解为温情，一种怜悯，还是一种相当大的敬重，那么我是爱她的。她是天主教徒，我是新教徒……但是我相信我不是很虔诚！神父接受我，我接受神父：大家心照不宣，不出岔子而已。

父亲据说是个“无神论者”——至少我猜想如此，但是由于我相信他和我都有一种克服不了的羞涩，从来没有跟他谈起过他的信仰。母亲正襟危坐对我进行的胡格诺[①]教育，随着她的美好形象从我心中渐渐消失；你们知道我很小就失去了母亲。我还没有想过这种幼年伦理教育对我们有多少指导意义，会在心灵上留下什么样的痕迹。母亲教导我做人准则时严格认真，

---

① 十六至十八世纪时，法国天主教徒对加尔文派教徒，也即新教徒的称呼。

也培养了我以后在学习中一丝不苟。我丧母时才十五岁；父亲照料我，对我关怀备至，满腔热情教育我。我学会了拉丁语和希腊语；跟他又很快学习希伯来语、梵语，还有波斯语和阿拉伯语。不到二十岁时，我少年气盛，他竟让我参加他的研究工作。他有意对我平等看待，要给我一显身手的机会。《论弗里吉亚人的宗教仪式》是他署名出版的书，实际上是我的作品，只是经他草草审阅一下；他以前还没有得到过这么多的赞扬呢。他喜出望外，而我为这次代人捉刀取得成功感到不安。但是从今以后我一举成名了。博古通今的大学者都把我看作同行。今天我对人家给我的所有荣誉只是一笑置之……这样我到了二十五岁，平生见到过的只是古代遗迹或书本，对生活则毫无认识。我有一种工作狂热。我爱的朋友不多(其中包括你们)，但是看重友谊更多于看重友人，我对他们推诚相见，但这是表示光明磊落的需要；我珍视自己心中的高尚情操。那时我既不了解朋友，也不了解自己。然而没有一刻想过我可以过另一种不同的生活，大家可以不同地生活。

父亲和我有一些简单的东西就足够了，我们两人花费都很少，以致我到了二十五岁还不知道我们相当富裕。我原以为，然而并不多想，我们家庭生计仅够糊口，我随着父亲日久也养成了节俭的习惯，当我获悉我们的家产远远不止这些时几乎局促不安了。我对这类事从不放在心上，甚至父亲故世后也不清楚，虽然我还是他唯一的继承人，这一切只是在订立婚约时才对我的财富有更多了解，同时也发现玛塞琳几乎没有给我带来一点嫁妆。

还有另一件事我不知道，可能还更重要，那就是我体质很弱。既然从未对体质进行过考验又如何能够知道呢？我经常伤风感冒，治疗时不当一回事。我过的生活太平静了，既使我衰弱也使我得到调养。而玛塞琳恰恰相反，看起来身体健壮——她比我健康，这点我们不久就会知道的。

婚礼之夜，我们住在我在巴黎的公寓里，有人给我们准备了两个房间。我们在巴黎不多停留，仅是采购一些必不可少的用品，然后赶往马赛，立即登上驶往突尼斯城的轮船。

父亲病情突变后紧急抢救时的惊慌失措，丧父时真诚的悲痛，接着又是办婚事不可避免的操劳，这一切叫我心力交瘁。只是到了船上我才感到疲劳。在此以前，每件事接踵而来，叫我顾不上去想。上船后我被迫无所事事，让我有时间静心思考。这好像还是平生第一次。

这也是平生第一次我同意长时期抛下自己的工作，在此以前我只是给自己放个短假。母亲过世后不久，我随父亲去了西班牙，那次旅行倒有一个多月；另一次在德国过了六个星期；还有几次出门，但那是考察旅行，父亲从不偏离他明确选定的研究课题；不跟他一起做时，我就读书。可是刚离开马赛，关于格拉纳达和塞维利亚的回忆联翩而至：湛蓝的天空，阳光下的浓荫，节庆日，欢笑，歌唱。我想我们又将见到这些。我走上甲板，望着马赛徐徐远去。

突然我想起我对玛塞琳有点冷落。

她坐在船头，我走近去，说实在的这是第一次注视她。

玛塞琳很美。这个你们知道，你们见过她。我自责怎么以前没有注意到。我对她太熟悉了，也就不能看出她的动人之处；我们两家是多年世交，我看着她长大，对她的仪态也就习以为常了……我第一次表示惊讶，她那么绰约多姿。

她戴一顶普通的黑草帽，上面飘动一条大黑纱；她一头金发，但是人不显得娇弱。配套的裙子和紧身上衣是用我们一起选的苏格兰披巾做成的。我不愿意由于我家的丧事使她穿上一身黑。

她感到我在瞧她，向我转过身……直到那时我对她只是有意识地殷勤周到；我总用一种冷淡的礼貌来代替爱情，我也看出这有点叫她恼火；玛塞琳那时感到了我第一次用不同的目光打量她，她也目不转睛看着我，然后非常温柔地对我一笑。我一声不出在她身边坐下。直到那时我一直是为自己或者至少按照自己的心意活着；我结婚只是把妻子看作一个伴侣，也没有明确想过结合以后我的生活会发生变化。我刚才终于明白个人独白到此为止了。

甲板上只有我们两人。她把额头伸给我；我把她轻轻搂住；她抬起眼睛，我吻她的眼皮，吻她之际心中突然感到一种新的怜悯，情绪是那么强烈，堵住心头，我不由流下了热泪。

“你怎么啦？”玛塞琳对我说。

我们开始交谈。她的话温存体贴，叫我听了很动情。我以前总自以为是地把女人想得很傻。那个晚上，我在她身边的表现既笨拙又愚蠢。

跟我结合生活的人原来也有她自己真正的生活！那一夜这件事的重要性好几次使我惊醒。好几次我在铺位上坐起来，俯身看在下铺熟睡的妻子玛塞琳。

第二天晴空万里，海面上差不多无风无浪。经过几次从容的交谈大家更少拘谨。婚姻正式开始了。十月最后一个清晨我们在突尼斯城上岸。

我只想在那里停留几天。我会向你们坦白我的愚蠢。在这个新征服的国家除了迦太基和罗马的几处遗迹外没有东西吸引我：奥古斯都对我提到过的提姆加德，苏塞的镶嵌画，尤其是吉姆的圆形剧场，那是我计划中先睹为快的东西。首先应该抵达苏塞，然后又从苏塞搭上驿车；我不会让这里什么事把我羁留。

可是突尼斯城使我感到吃惊。我心中沉睡的某些感官功能，一直未曾得到发挥，依然保持全部神秘的青春活力，一接触到激动人心的新鲜事物，也苏醒了。我不只是感到有趣，还惊讶和发出唏嘘，尤其叫我高兴的是玛塞琳很快乐。

可是我日益感到劳累，但是我又不好意思退却。我咳嗽，感觉心口上部奇异的难受。我想，我们在往南方去，天一热我就会好的。斯法克斯的驿车在晚上八点离开苏塞，凌晨一时穿越吉姆。我们订了车上的座位。我原以为搭的是一辆不舒服的破车，恰恰相反，我们得到很好的安排。但是那个冷哪！我们天真地以为南方天气温和，两人都衣衫单薄，只带了一条披肩！马车一走出苏塞和丘陵的屏障，风开始刮了起来。平原上狂风大作，呼啸而来，向车门的每条缝隙里钻；无物可以抵挡。我们抵达时全身都冻僵了；尤其是我一路颠簸，又加上阵阵剧咳，摇得我身上一点力气也没有了。这一夜真是惨！到了吉姆又没有旅店，一座简陋的土堡就算充数了。怎么办呢？驿车已经走了。村子还在沉睡；夜色笼罩四周，隐约看到几处阴森兀立的废墟；有狗在吠叫。我们走进一间土屋，里面搭好两张破床，玛塞琳冻得发抖，但是那里至少风吹不到我们身上。

第二天阴沉沉的。我们出门时没料到天空会是一片灰色。风还在吹，但是没有前一天那么急。驿车要到晚上才会经过……我要说那天过得够凄凉的。那座圆形剧场不一会儿就走完了，叫我失望；在灰蒙蒙的天色下，我还觉得它丑。可能疲劳也使我更加无精打采。将近中午我闲着，再回到那里，在那些石头上徒然寻找铭文。玛塞琳幸而带了一部英国小说，在背风处阅读。我回来在她身旁坐下。

“今天糟透了！你不感到太无聊吗？”我对她说。

“不。你看到，我在看书呢。”

“我们到这里干吗来了？至少你没有冷着吧？”

“不怎么冷。你呢？说真的！你脸色都苍白了。”

“不……”

夜里风又狂吹……驿车终于来了。我们重新上路。

车子一晃动，我感到身子散了架。玛塞琳很疲倦，靠在我肩上很快睡着了。但是我想咳嗽会把她惊醒的，于是轻轻地、轻轻地抽出身子，把她往车厢板上靠。可是我又不咳嗽了；不，我吐痰了；这是以前没有的。我不费力气咳出痰来，痰不多，但隔一时就有，这是一种奇怪的感觉，起初还几乎觉得好玩，但是在嘴里留下一股怪味很快感到恶心。手帕很快不够用了。手指上沾满痰。要叫醒玛塞琳吗？幸而记得她腰间有一条大围巾。我轻轻取了过来。不再把痰忍住，大量往外咳。感到特别轻松。我想感冒也快过去了。突然我感到虚弱；一切都开始转了起来，我相信这下子我糟糕了。要叫醒她吗？啊！才不呢！（我相信我从清教徒的童年起就憎恨软弱放弃，我称之为怯懦。）我恢复镇静，定一定神，终于控制了晕眩……仿佛人又到了海上，车轮声变成了波涛声……但是我已停止了咳嗽。

然后，我陷入半睡半醒状态。

当我清醒时，天已经大亮。玛塞琳还在睡。我们愈来愈近了。我拿在手里的围巾是深色的，一眼还看不出污痕；但取出手帕时，我发呆地看到上面血迹斑斑。

我首先想的是不让玛塞琳看到血。但是怎么做呢？我身上都有；现在我也看见到处都是；尤其我的手指上……我也流过鼻血吧……她若问起，我只说流的是鼻血……

玛塞琳睡着没醒。大家到了。她当然先下车，没看见什么。有人给我们留下两个房间。我冲进我的房间，洗干净血迹。玛塞琳什么也没看见。

可是我觉得非常虚弱，吩咐给我们两人送茶来。她安排茶具，十分安详，也有点苍白，还带着笑容，我竟有点恼火她什么也没看到。我觉得自己不公正，是的，我对自己说：她若没有察觉，那是我掩饰得好；尽管这样想，没用；情绪像一种本能愈闹愈大，浑身都不自在……最后终于强烈得克制不住：我像心不在焉地对她说：

"昨夜我咳血了。"

她没有叫一声，只是脸色变得苍白得多，一个踉跄，想要站稳，还是沉重地跌到地上。

我没好气地朝她冲过去："玛塞琳！玛塞琳！"好哇！我做了什么啦！我一人有病还不够吗？但是我说过我很虚弱，差一点轮到我也病了。我打开房门呼叫，有人跑了过来。

我记起了我的箱子里有一封写给当地一名官员的介绍信；我凭这封信请人找来了军医。

可是玛塞琳醒过来了，现在她坐在我的床头，我在床上高烧发抖。军医来了，给我们两人都做了检查，他说玛塞琳没什么，没有跌坏；而我病情不轻；他甚至连看法也不愿说，答应傍晚以前再来。

他又来了，对我笑，跟我说话，给我开了好几种药。我明白他认为我没治了。——我要向你们承认吗？我没有跳起来。我累了。我听之任之，仅此而已。"归根结底人生给了我什么？我努力工作直到最后，坚定热情地尽了我的义务。其他……好吧！跟我有何相干？"我这样想，还觉得我的斯多噶精神很了不起。但是叫我难受的是这个地方真丑。“这个客房不堪入目”——我瞧着房间。突然想到隔壁另一个同样的房间里有我的妻子玛塞琳。我听到她在说话。医生还没有走；他跟她在谈，还努力放低声音。时间过去了一会儿；我就睡着了……

当我醒来时，玛塞琳已在屋里。我明白她哭过了。我并不热爱生活，要对自己表示怜悯；但是这个丑地方叫我不舒服，我的眼睛几乎贪婪地看着她。

现在她就在我旁边写信。她在我眼里显得妩媚动人。我看见她封上好几封信。然后她站起身，走近我的床，温柔地拿起我的手。

“你现在感觉怎么样?”她对我说。我笑笑对她伤心地说：

“我会好吗?”她立即回答我：“你会好的!”信念那么真诚，几乎使我也对此深信不疑；也对未来的生活、她对我的爱情有一种模糊的感觉，隐约中包含凄怆的美，以致眼泪夺眶而出，我哭了很久，既不能也不愿克制自己。

她凭借了极大的爱情力量才让我离开了苏塞；她对我百般照料，精心护理，守夜……从苏塞到突尼斯城，然后又从突尼斯城到君士坦丁，玛塞琳真是了不起。我到了比斯克拉就会痊愈的。她自始至终充满信心，没有一刻感到气馁。她安排一切，准备动身，预订房间。可惜的是她没法改善这次旅行的艰辛。好几次我相信应该中断和结束了。我像濒临死亡的人那样流汗，感到窒息，有时失去知觉。第三天晚上，我到达比斯克拉，像死了似的。

第二章

最初的日子何必重提呢？如今还留下了什么呢？这些可怕的回忆无法用语言表达。我不再知道我是谁，我在哪里。如今我还看到自己奄奄一息躺在床上，玛塞琳，我的妻子，我的生命，俯身对着我。我知道是她热情治疗，是她一片爱心救了我。终于有一天，像迷航的水手窥见了陆地，我感觉生命之光重新燃起；我可以对玛塞琳笑了——为什么要说起这一切呢？主要是——像有人说的——死神的翅翼已经碰到过我。主要是我十分奇怪自己居然活了下来，对我来说岁月放出意料不到的光辉。从前，我想，我不明白我是在生活。我应该把生命看成一种令人神往的发现。

我能够下床的日子来了。我被自己的家迷住了。其实这不过是一个平台。多么美妙的平台！从我和玛塞琳的两个房间可以看到它，平台延伸到房顶上。爬到平台的最高处，视线越过房屋看到棕榈树，越过棕榈树看到沙漠。平台的另一边连接城市的小花园，在最后几株金合欢树的树荫笼罩下；最后沿着平台的是院子，一个整整齐齐的小院子，种着六棵整整齐齐的棕榈树。平台一头伸到跟院子连接的台阶为止。我的房间非常宽敞，空气流通；白色粉墙毫无装饰；有一扇小门通到玛塞琳的房间，一扇大玻璃门对着平台。

在那里不分白天黑夜地打发着日子。我在孤独中多少次回想到这些缓慢的日子！玛塞琳待在我身边。她看书，缝纫，写信。我什么也不做。我瞧着她。玛塞琳啊！我瞧着。我看见了阳光；我看见了阴影；我看见了阴影的线条移动；我没有多少事要想的，我就观察它。我还很虚弱，呼吸不顺畅，干什么都累，就是看书也累；而且看什么呢？活着就够我忙的了。

一天早晨，玛塞琳笑着走进来。

"我给你带来了一个朋友。"她说。我看到她身后一个棕色皮肤的小阿拉伯人。他叫巴希尔，两只大眼睛静静地望着我。我可以说有点不自在，这种不自在已叫我累；我一言不发，面有愠色。孩子看见我神情冷淡，不知所措，朝玛塞琳转过身去；他像动物那么灵活，要人喜欢的样子，身子靠着玛塞琳，捧起她的手亲吻。他做个手势就露出了赤裸的双臂。我看到他只穿一件单薄的白色无袖长衫和打补丁的斗篷，里面是裸的。

"好吧！你坐在那里，"玛塞琳看到我不自在就对他这样说，"自己静静玩吧。"

孩子就地一坐，从斗篷风帽里取出一把小刀，一块木片，开始削了起来。我相信他要削一个哨子。

过了一会儿，我在他面前不再感到拘束。我望着他，他好像已经忘记自己在这里。他没穿鞋子；脚踝和手腕都长得很秀气。那把破刀在他手里运用自如，很有意思。真的，我会对此发生兴趣吗？他的头发剃成阿拉伯式；他戴一顶小圆帽，在流苏滴子的部位只有一个洞。那件长衫往下挂，露出他的小而可爱的肩膀。我需要对它捏上一把。我弯下腰；他转过身，对我笑。我向他示意把他的哨子递给我，我拿过来装作非常欣赏。现在他要走了。玛塞琳给他一块蛋糕，我给他两个苏。

第二大，我第一次感到无聊；我等；等什么？我觉得闲得发慌。终于忍不住了：

“巴希尔今天早晨不来吗？”

“你要，我去找他。”

她留下我走下楼去。过一会儿独自回来了。这场病叫我变成什么啦？我看到她没有带着巴希尔回来竟难过得哭了起来。

“太晚了，”她对我说，“孩子都离开学校跑散到各个地方去了。你知道有几个孩子很漂亮。我相信现在大家都认识我了。”

“至少想办法让他明天来吧。”

第二天巴希尔来了。他像前天那样坐下，取出他的小刀，要削一块很硬的木头，一用劲刀锋割破了大拇指。我吓得身子一颤，他却笑了，伸出发亮的伤口，还看着淌血觉得有趣；他笑的时候露出雪白的牙齿，顽皮地舔伤口，舌头像猫一样粉红色的。啊！他的身体多好。我喜欢他身上的就是这个：健康。这个小身子的健康令人羡慕。

接着一天他带来了弹子。他要跟我玩。玛塞琳不在，否则她会劝阻我的。我犹豫，瞧着巴希尔；孩子抓住我的手臂，把弹子放到我手中，我玩得勉强。我弯下身气喘得厉害，但还是试着去做。终于我支撑不住。我大汗淋漓，抛开弹子，倒在一只靠椅上。巴希尔有点发慌，一直看着我。

“病了吗?”他悄声说。他的音色也很动听。玛塞琳走了进来。

“把他带走吧，”我对她说，“今天早晨我累了。”

几小时后我咳出一口血。那时我正在平台上艰难地行走。玛塞琳在房间里忙着。幸而她什么也不会看到的。我喘息时深深吸了一口气，这一下子事情来了。我满口是血……但是这已不是像初咳时那样的鲜血，而是一个大血块，我厌恶地吐向地上。

我踉踉跄跄走了几步。心里万分激动。四肢发抖。害怕，光火。因为直到那时我想我在逐渐走向康复，只要耐心等待。这次突变又使我前功尽弃。奇怪的是初期咳血并没有让我大惊小怪，我当时回忆起以前我还有点儿无动于衷呢。现在我如何惊慌害怕了呢？这是因为——天哪！我开始爱上了生命。

我回头走，弯下腰，找到吐的血块，取一根草挑起来放到手帕上。我瞧着，这口污血几乎发黑，黏糊糊的挺吓人……我想到巴希尔的血颜色鲜艳……突然有一种欲望，一种嫉妒，一种比我以前任何感受都更强烈、更迫切的东西，袭上心头：活下去！我要活下去！我咬紧牙关，握紧拳头，奋不顾身地，伤心欲绝地，努力朝着生命走过去。

前一天我收到T的一封信。这封信针对玛塞琳在焦急中提出的问题，写满了医嘱；T甚至在信中还附有几份医学普及读物和一部专门著作，这在我看来有点严重了。我草草读完信，对印刷品不看一眼，首先这些小册子跟人家拿了烦扰我童年的道德论文很像，不会引起我的好感；其次这些医嘱也叫我讨厌，最后我不认为这些《结核病患者须知》《结核病实用疗法》对我的病情适用。我不相信自己是结核病患者。我有意把初次咳血归结为另一种原因，或者不如实说了吧，把它归结为什么都不是，避免去想，也不大去想，还认为自己即使没有痊愈，至少离痊愈不远了。我又阅读那封信；把书和文章看了又看；突然，叫我触目惊心的是我一直没有得到适当的治疗。直到那时为止，我只是抱着一丝希望得过且过；突然我的生命好像受到了打击，还是可恶地打击在要害部分。我的体内潜伏着一群暗中作祟的敌人。我窃听它们，感觉它们，我不斗争是不会征服它们的……我悄声又说，仿佛为了更好说服自己：这是个意志问题。

我转入战斗状态。

黑夜来临，我在制定我的战略部署。这一段时间内，只有医治身体才应该是我的研究课题；我的任务是我的健康；一切对我健康有益的东西都应该认为是好的，称为"好事"，一切不利于病情的东西都应该忘记、抛弃。——晚饭前，我对呼吸、锻炼、饮食方面都表示了决心。

我们在一座小亭子里用餐，四周被平台包围。用餐时安静，远离一切，不受外界打扰，有一种亲密之情令人回味。一个年老的黑人从隔壁旅店给我们送来还算可口的食品。玛塞琳制定菜谱，要这个菜或不要那个菜。一般来说我总是不太饿，哪个菜少了，哪个菜分量不够了，我都不在乎。玛塞琳自己也不习惯多吃，因而不知道也没有理会到我吃得不够。我所有决心中的第一决心是吃得多。我就是要在那天晚上付诸实施。——我没有办到。端到我们面前的不知什么野味串我无法下咽，然后一块烤肉又不像样地煎得太老。

我火了，把脾气发在玛塞琳身上，当着她的面出言不逊。我指责她：从我的话听来，她早应该觉得自己是有责任的。没有跟上我决心采用的饮食制度，成了头等大事；我忘了前几天的情况；这顿饭没有吃好，一切都会弄糟。我不依不饶。玛塞琳不得不出门去找一个什么罐头、一块什么肉。

她很快带回来了一小罐食品，我几乎一古脑儿吞了下去；好像向我们两人证明我多么需要多吃。

这个晚上我们商定了这件事；要大大改善伙食：多吃几餐，每三小时一顿；第一顿在早晨六时半。旅店的伙食质量差，就买大量罐头食品补充营养……

当夜我没有入睡，想到要培养起我的种种新美德有点自我陶醉。我想我有点儿发烧了；那边有一瓶矿泉水；我喝了一杯，两杯，第三次索性对着瓶口喝，把瓶里的水一口气全部喝完。我把我的意志像课本似的反复温习；我学会了仇恨，把它对准一切事物；我必须向一切开战：我的拯救取决于我本人。

终于我看到夜色渐淡，东方吐白。

这是我的决战前夕。

第二天是星期日。我该承认，那时以前从不关心玛塞琳的信仰；不知是冷淡还是不好意思，好像这事跟我无关；此外我也不重视。那天玛塞琳去做弥撒。她回来后我听说她为我祈祷了。我盯着她看，然后尽可能温柔地对她说：

“玛塞琳，不应该为我祈祷。”

“为什么？”她说，有点不安。

“我不喜欢保佑。”

“你拒绝上帝的帮助？”

“他帮助后有权利要求我谢恩。这样引起了义务；我不愿意承担。”

我们表面上像在逗笑，但是决没有误解我们这几句话的重要性。

“可怜的朋友，你一个人是治愈不了的。”她叹口气。

“那就算了吧……”然后看到她悲哀，我语气较为婉转地加了一句：“你帮助我吧。”

第三章

我会把我的身体说上好久。我会把我的身体说个不休，以致你们立即会觉得我忘了精神部分。我在叙述中有意略而不提；这也是实际情况。我没有力量维持两重生活；精神和其他什么的，我想，当我身体好转时再去思考吧。

我要恢复健康还遥遥无期。怎么一碰就全身出汗，又怎么一碰会全身发冷。我像卢梭说的“气息短促”；有时发低烧；经常一清早就感到疲软无力，于是蜷缩在一张靠椅上，对什么都没有兴趣，只顾到自己，把一切都置于脑后，想方设法让呼吸顺畅。我艰难地、有条有理地、小心翼翼地呼吸着，呼气时总要咽上两次，情绪过于紧张不能完全制止；很久以后还是要非常注意才能避免。

但是最叫我难受的是对任何气温变化都有一种病态的敏感。今天回想起来，我除了病以外还有全身神经性障碍，不然无法解释这一系列我觉得不能归为普通结核病的现象。我一直不是太热就是太冷；冷了立刻夸大其事地加衣服，停止哆嗦以后又出汗，于是再脱衣服，不出汗了又会马上哆嗦。身体某些部分冻僵了，尽管出了汗，碰上去还是冷得像块大理石似的。怎么也没法叫这些部位发热。我对冷出奇地敏感，盥洗时有水滴在脚上，人就会感冒。对热也同样敏感……我保持着这种敏感性，现在还是，但是今天是供我尽情享受了。一切非常强烈的敏感，我相信都可以根据机体的强壮或孱弱，成为欢悦或难受的原因。从前使我深受其害的东西，如今却叫我乐在其中。

我不知道直到那时以前我怎么会关上窗户睡觉的。听了T的劝告，夜里开窗试试。起初是小开，不久开得大大的；不久，这成了一个习惯，一种需要，以致窗子一关我就气闷。后来我感到夜风吹来，月光照在身上，真是心旷神怡……

我急于要摆脱康复初期反反复复的不稳定状态。多亏了坚持不懈的治疗，清新的空气，良好的营养，不久身体有了起色。以前，上下楼害怕气喘，不敢离开平台；终于在一月的最后日子里，我下楼了，大着胆子走进花园。

玛塞琳带了一条围巾陪着我去。那是下午三点钟。风停了下来。这个地方经常刮大风，这次刮了三天叫我很不舒服。空气令人畅快。

公共花园……一条宽阔的走道贯穿中央，上面笼罩两排高大的含羞草科树木，这里称为黑茶藨子树。这些树荫下放着凳子。一条修整过的小河，我要说深度超过宽度，几乎笔直沿着林荫道流去。然后又是几条小渠把河水分流，穿过花园，灌溉花木。渠水浑浊不清，泛黄，这是红黏土或灰黏土的颜色。几乎没有外国人，有几名阿拉伯人，他们在转悠；他们一离开阳光，白色长袍盖上了影子的颜色。

当我走进这块奇怪的阴影时，感到一种异样的寒颤。我用围巾裹上身子；可是没有任何不适；恰恰相反……我们在一条凳子上坐下。玛塞琳没有开口。有几个阿拉伯人经过；接着又来了一群孩子。玛塞琳认识其中好几个，向他们打招呼；他们走近来。她告诉我几个名字；他们提问题，回答，微笑，嘟嘴，逗乐。这一切都叫我有点烦，我又感到不舒适了；我觉得累，身上出汗。但是叫我感到拘束的，我要承认，不是那些孩子，而是她。是的，不管怎么说，是她使我感到拘束。要是我站起身，她就会跟着我；要是我取下围巾，她就会过来拿着；要是我又披上，她会问："你不冷吗？"还有，跟孩子说话，我不敢在她面前这样做；我看到她有她的被保护人；我身不由己地，但是也是有意地，对其他人感兴趣。回去吧，我对她说；我暗下决心以后单独到花园里来。

第二天，她将近十点钟要出去。我正好候着。小巴希尔早晨很少不来的，拿了我的围巾；我自觉精神抖擞，心情轻松。几乎只有我们两人走在林荫道上。我慢慢走，坐一会儿，又再走。巴希尔跟着，唠唠叨叨，像条狗那么忠诚灵活。我走到水渠旁，有洗衣妇过来洗衣；流水中央放着一块扁平的石头，上面伏着一个小女孩，面孔对着水，手浸在流水里，把小树枝扔下去捞回来。她赤裸的双脚浸过水，还留有湿漉漉的水迹。她那部位的皮肤颜色显得更深。巴希尔走近她，跟她说话；她转过身，向我笑，用阿拉伯语回答巴希尔。这是他的妹妹，他对我说；然后他向我解释母亲就要过来洗衣服了，他的妹妹在等她。她名叫拉德拉，在阿拉伯语是"绿色"的意思。他说话时声音清晰动人，天真无邪，尤使我听了深有感触。

“她要求你给她两个苏。”他加了一句。

我给了她十个苏，准备离开，这时他的洗衣妇母亲来了。这是个可敬的女人，身体结实，大额头上有刺青，头顶一篮子衣服，好像头顶供礼的古希腊妇女，还像她们一样只披了一块深蓝色大布，在腰间束起，又直落到脚背上。她一看到巴希尔，就厉声呼唤。他粗鲁地回答；女孩插了进来，他们三人展开了一场异常激烈的争论。终于巴希尔像输了理，要我明白这天早晨他母亲需要他；他愁眉苦脸地把围巾还我。我只得独自又走了起来。

我还没有走出二十步，发觉围巾披在肩上不堪重负；我全身出汗，看到第一只凳子就坐了下来。我希望有个孩子突然过来帮我卸下这副重担。立即出现的是个十四岁的大孩子，黑得像个苏丹人，一点不胆怯，自告奋勇。他叫阿苏尔。他要不是独眼，我就会觉得他是个美少年。他喜欢闲聊，告诉我这条河是从哪儿流过来的，流到公园以后就钻入了绿洲，横贯而过。我听着他说，忘了疲劳。尽管我觉得巴希尔也很有趣，现在对他太熟悉了，很高兴换个人聊聊。我甚至暗忖哪一天单独到公园里来，坐在一条凳子上等待巧遇的机缘……

又停留了好一会儿后，我带着阿苏尔到了自家门口。我想请他上楼，但是不敢，不知道玛塞琳怎么想。

我见到她在餐厅，正在一个幼孩身边忙着，他面黄肌瘦，弱不禁风的样子，首先引起我厌恶多于怜悯。玛塞琳怯生生地对我说：

“可怜的孩子病了。”

“不会是传染病吧？他怎么啦？”

“我还没有弄清楚。他全身都不舒服。他法语说得很差；明天巴希尔来，给他当翻译……我给他喝点茶……”

然后因为我站在那里一声不出，她像赔不是似的加了一句：

“我认识他很长时间了，还一直不敢叫他来；我怕累着你，或者可能惹得你不高兴。”

“为什么？”我喊，“你要是高兴，把你认识的孩子都带到这里来吧！”我想到我完全可以叫阿苏尔上屋里来的，没有这样做有点气恼。

我这时瞧着妻子，她充满母爱和温情。她亲切的态度令人感动，那个小孩子不久心里暖洋洋地走了。我谈到自己的散步，婉转地要玛塞琳明白我为什么宁愿一个人出去。

平时半夜里，我还是会惊醒的，不是全身冰冷就是遍体湿透了汗。那一夜过得很好，几乎没有醒过。第二天早晨一过九点钟我就准备出门。天气晴朗；我觉得精神十足，一点不虚弱，开心，或者说兴致很高。空气宁静温和，我还是带了围巾，作为过会儿跟拿着的人闲谈的借口。我说过公园跟我们的平台是挨着的，所以一下子就走到了。我挺高兴走进树荫里。空气明净。黑茶藨子树先开花后长叶子，现已散发香味——此外从四面八方袭来不知什么淡淡的气息，仿佛通过感官渗入内心，叫我兴奋不已。呼吸更顺畅了，步履更轻盈了，但遇上第一条凳子还是坐了下来，乐陶陶，昏昏然的感觉更多于疲劳。我瞧。影子在移动，很轻；它不落在地面上，好像仅仅沾着一点儿。啊，阳光！我听。我听到什么？什么也没听到，什么也都听到；每个声音都有趣。我记得有一棵小树，从远处看来树皮质地很怪，我就站起身过去拍一拍。我触摸它就像人家在爱抚，我感到一阵欣喜。我记得……总之这天早晨我要重生了吗？

我已经忘了我是孤独一人，什么也不等待，忘记了时间。直到那天以前，我觉得由于思考太多而很少感受，以致最后认识到这点很惊奇：我的感觉变得跟一种思想一样强。

我说：我感觉到了——因为从幼年往事的深处亮起了千百团火光，这是千百个迷失的感觉。我重新意识到感官的存在，又让我产生一种不安的再认识。是的，我的感官从此苏醒了，又找回了整个一段历史，又组成了一个过去。它们活着！它们活着！从来没有停止过活着，贯穿我的学习岁月，保持着一种潜伏迂回的生命力。

那天我没有遇见谁，很自在；我从口袋里掏出一部袖珍本荷马诗集，离开马赛以后还没有翻过；我读了《奥德赛》的三行诗，记熟，然后对音律有了足够的了解，悠然自得，合上书，身子一直颤抖，没想到人会那么有活力，精神上充满幸福……

第四章

玛塞琳终于看到我的健康正在恢复很高兴，几天来跟我谈起绿洲中美妙的果园。她爱户外空气和走路。我生病时她自由行动，可以走得很远，回来异常兴奋，以前她不多说，不敢引动我的游兴要跟她一起去，害怕看到我听了她说的趣事，自己没能共享而郁郁不乐。但是现在我身体好转，她打算利用这些美景使我完全康复。我原本就爱好步行和观赏风景，也跃跃欲试。第二天起，我们一起出发。

她领我走入一条我在哪儿都没有见过的怪路，夹在两道高高的土墙中间好像有气无力地蜿蜒，高墙限制了花园的形状，也使小路任意延伸，一会儿弯成一个曲线，一会儿前面断了路；刚进去就是一个拐弯使你迷失方向；不知自己从哪儿来，也不知到哪儿去。忠诚的河水紧跟小路，沿着其中一道墙；墙头就是用道路的土砌成的，整个绿洲都是这样的泥土，一种发红或浅灰的黏土，浸了水后颜色变深，强烈的阳光一晒就龟裂变硬，但是淋上一阵雨又发软了，那时像一块有弹性的泥地，赤脚踩了会留下脚印。墙头上是棕榈树。我们走近时，斑鸠都飞了起来。玛塞琳瞧着我。

我忘了疲劳和拘束。我走在路上，有点儿出神，不声不响很欢悦，感官和肌肤都感到振奋。这时微风吹起，棕榈树都动了，我们看到棕榈树顶的枝条向下弯，然后空气又变得宁静；我清楚地听到土墙后面响起长笛声——墙上有一道豁口，我们走了过去。

这是个布满光与影的地方，宁静，仿佛超越时光而存在；沉寂中有东西颤动，水轻轻流过，灌溉着棕榈树，盘绕消失在林木之间；斑鸠轻叫，笛声悠扬，有个孩子在吹奏。他在放牧一群山羊；身子几乎全裸，坐在一棵倒地的棕榈树干上，我们走近时，他不慌张也不逃避，只是停下一时不吹了。

我们发现在这静默的一刹那，另一支笛子在远处对吹。我们又走近一点，然后，玛塞琳说：

“不用再往前走了，这些果园都差不多；只是绿洲边上的更大些……”她把围巾铺在地上：

“你休息吧。”

我们在那里留了多久？我不再知道；时间有什么意义呢？玛塞琳在我身边；我伸直身子躺着，头枕在她的膝盖上。笛声又吹起来了，时断时续，流水声……隔会儿一只羊咩咩叫。我闭上眼睛，感到玛塞琳凉爽的手放上了我的额头。我感觉强烈的阳光被棕榈叶子一筛后软软地照着，我什么也不想，思想又怎么样呢？我异乎寻常地感觉到……

隔会儿传来一种新声音，我睁开眼睛，这是微风掠过棕榈树；没有往下吹着我们，只是摇动树梢的叶子。

第二天早晨，我又和玛塞琳走到这个果园。同一天傍晚我又一个人去了。吹笛子的牧羊童也在那里。我走近他，跟他说话，他叫拉西夫，只有十四岁，很英俊。他告诉我每只羊的名字，告诉我水渠叫“赛吉亚”；他还说，不是每天都流水；水要精打细算分配，树木的旱情解除后就不再供应。每棵棕榈树下都挖了个狭长的水池，蓄水灌溉；这是一套巧妙的闸道系统，孩子一边操作，一边给我解释，怎么控制水，引向最需要的地方。

第二天我看到拉西夫的一个哥哥，年纪稍许大一点，没那么好看；他叫拉希米。他踩着树干上枝杈砍去后留下的疤节，当作梯子爬上一棵平顶的棕榈树，然后又灵活地下树，长袍扬起露出发亮的裸体。树冠早已截去，他从上面取下一只小陶壶；陶壶挂在新的疤节旁边承接树汁，用来酿造阿拉伯人爱喝的甜酒。拉希米请我尝了一口，但是我不喜欢这种淡而涩口的醪汁。

接着几天，我走得更远了，我看到其他的花园、其他的牧羊人和其他的山羊。正像玛塞琳说的，这些花园都是相似的，可是又各有特点。

有时玛塞琳还陪着我；但是更多时候是一走进果园我就跟她分开，要她相信我累了，我要坐下来，她不用等我，因为她需要多走走；这样她就撇下我继续走自己的路。我则留在孩子身边。不久认识了一大帮，跟他们谈得很久；我学习他们的游戏，又教会他们其他一些游戏，在骰子戏中把小钱输得精光。有的人陪我走得很远（我每天延长路程），折回时给我指出一条新路；有时我带了大衣和围巾，由他们帮忙拿着，分别以前分给他们几个小硬币；有时他们一边玩一边跟我走到门前；有时他们就走了进来。

后来玛塞琳也带她的人来。她带回来的是学校里的孩子，她鼓励他们学习；放了学以后顺从听话的孩子就上来了；我带回来的是另一种类型的孩子，然而游戏把他们聚在一起。我们随时准备了果汁和果脯。不久还有其他孩子不请自来。他们每个人我都记得，历历如在眼前……

将近一月底，天气突然变坏了，刮起了寒风，我的健康立刻受到影响。绿洲与城市之间这一大片空旷地带对我又变得不可逾越了。我只得又待在公园里聊以自慰。以后又下起了雨，一种冰冷的雨水，使北方地平线的山顶盖满了白雪。

我在炉子旁度过这些沉闷的日子，心情阴郁，恨恨地跟病魔搏斗，病魔趁着气候恶劣又占了上风。那些天愁云惨雾，我既不能读书也不能工作；稍一使劲全身出汗很不舒服；集中注意力叫我疲劳不堪；呼吸不调节就会窒息。

在这些沉闷的日子，唯有孩子才能排遣我的心情。下雨天只有最熟悉的孩子才进门，他们的衣服浸透了水，围着炉子坐成一圈。时间过去很久没有人说话。我太累了，太难过了，除了瞧着他们不能做其他事，但是看到他们强壮的体魄有益于我的健康。玛塞琳宠爱的孩子都体小瘦弱，太乖顺了；我生她的气，也生他们的气，终于把他们赶了出去。说实话，他们叫我心寒。

有一天早晨，我对自己有一个奇异的发现：妻子的被保护人中唯有莫克蒂尔不叫我见了烦（可能因为他长得美），他跟我两人单独在我的房内；直到那时为止我对他的感情也是一般，但是他乌亮的眼睛叫我生疑。这是一种好奇心，我也说不上什么原因，我于是观察他的行动。我站在炉子旁边，两条胳膊支在炉台上，前面放一部书。我显出专心的样子，背对着孩子，但可以看到他反映在一面镜子里的一举一动。莫克蒂尔不知道自己受人监视，以为我全神贯注在看书。我看到他不声不响走近一张桌子，桌上有玛塞琳放在针线活旁边的一把小剪子，偷偷伸手抓住，迅速放进斗篷里。我的心一时急速跳动，但是即使最聪明的道理也无法在我心中产生丝毫的反抗。不仅如此！我竟然无法向自己证明我心中的感受不是一团高兴。我让莫克蒂尔有充分时间偷走我的东西以后，才转身朝着他，跟他说话，只当没发生过事儿一样。玛塞琳很爱这个孩子。可是当我再见到玛塞琳时没有揭发莫克蒂尔，而是想出莫名其妙的鬼话解释剪子是如何不见的，我相信这绝不是怕她难堪。从这一天起，莫克蒂尔成了我的宠儿。

第五章

我们在比斯克拉逗留的日子没有延长很久。二月份雨季一过，天气一下子热了许多。我们在大雨下生活，好几天很难过，突然一天早晨，我在一片青葱中醒来。一起身奔向最高的平台。碧空万里无云。发热的阳光下升起了几团雾，绿洲整个儿在冒气。可以听到远处乌德河河水泛滥的咆哮声。空气那么清澈明净，我精神为之一爽。玛塞琳来了，我们要出去，但是那天满地泥泞，走不出门。

几天后我们又走进拉西夫的果园，树枝吸饱了水，显得重了，软了。这块我不知道期待的非洲土地淹没了好久，如今从冬天中苏醒过来，滋润怡爽，充满新鲜汁水。它在发疯般的春天中欢笑，我心中也有了春天的回声，也有了一个春天。阿苏尔和莫克蒂尔起初陪着我，我依然欣赏他们对我淡淡的情意，每天半法郎就可以打发，但是不久我对他们厌倦了，因为我的身体不再那么虚弱，不需要以他们的健康作为榜样，从他们的游戏中汲取快乐的养分，我把精神与感官的激奋转而倾注在玛塞琳身上。从她表现出来的欢乐来看，我发觉她以前是忧伤的。我像个孩子似的要求她原谅我冷落了她，全怪自己生性软弱因而脾气乖张，喜怒无常，我还说直到目前为止我是太累了，无暇顾及爱情；我说的是实情；但是我还是虚弱，因为还要一个多月后才对玛塞琳有了欲念。

天气一日比一日热。我们在比斯克拉已无所留恋，除了那种以后又把我召回的魅力以外。我们离开的决心是突如其来的。行李在三小时内收拾停当。火车在第二天一早出发……

我记得那个最后的一夜。月亮差不多是圆的。我的窗子大开，月光照得满屋都是。我想玛塞琳睡着了。我躺着，但是没法入睡。我觉得浑身发热，非常惬意，这就是生命……我起身，把手和脸浸在水里，然后推开玻璃门走出去。

夜色已深；没有一点人声，没有一丝风，就是空气也像在沉睡。隐约听到远处几只阿拉伯狗，像豺狼似的长夜吠个不停。我面前是那个小院子，对面的墙上有一块斜影；整齐的棕榈树既没有颜色，也没有生命，好像永远一动不动了……然而让人在睡眠中还是感到一种生命的悸动——这里什么都不像在睡，一切都像是死了。面对这种宁静我恐怖了，突然侵入内心的是我这种自叹命苦的感觉，仿佛在宁静中抗议，表现自己，叹息自己；这种感觉那么狂暴，几乎叫人痛苦，又那么凶猛，我若像野兽那样会嚎叫，也会嚎叫了起来。我拿起我的手，我记得是左手，放到右手里，我要把它举到头上，这样做了。为什么？为了表示自己活着，感到生命无限美好。我碰到我的额头，我的眼皮。我身上一个颤动。这一天会来的——我想——以后会有这一天，我焦渴中却没有足够的力气把水举到唇边……我回进房里，但是还不想躺下；我愿意把这一夜留住，把它的回忆铭记在我的思想中永远不忘；我决不定该做什么，就在桌上拿了一部书——《圣经》，随意打开一页，我俯身借了月光阅读，我读到基督向彼得说的这些话，这些话啊，我今后决不应该忘记的："你年少的时候，自己束上带子，到你愿意去的地方；你年老的时候，你要伸出手来……"[①] 你要伸出手来……

第二日一早，我们就动身了。

① 见《圣经·约翰福音》第二十一章。后半句该是："别人要把你束上，带你到不愿意去的地方。"

第六章

我不去谈旅程的每个阶段了。有的阶段只留下一个模糊的回忆；我的健康时好时坏，寒风一吹就不舒服，乌云当头就心里发愁。神经系统时常引起麻烦；但是两肺至少正在痊愈。每次犯病时间较短，病情也较轻；来势依然不弱，但是身体具备了更强的抵抗力。

我们从突尼斯城抵达马耳他，然后又到锡拉库萨；我又回到了语言与历史对我并不陌生的古老土地。自从得病以来，生活中既无监督也无规律，只是像动物或者孩子一心一意活着。现在不再受疾病困扰，生活又变得稳定和有意识。经过这次长时间的垂死挣扎，我相信我这个人又重生了，立刻把我的今天与昨天重新连接：身处异乡客地，满眼都是奇风异俗，我可能忘乎所以。在这里就不行，这里的一切都在告诉我这件叫我也惊异的事：我这个人变了。

在锡拉库萨和以后的日子，当我愿意重新捡起研究工作，像从前那样一头钻入历史，进行详尽的考证时，我发现对有的事即使没有失去兴趣，至少也改变了兴趣；这就是对现在的看法。过去的历史在我眼里静止不动，就像比斯克拉小院子里的黑夜暗影，恒久不变令人可怕。以前我乐于处在恒久不变中，可以使我的思想变得明确；所有的历史事件在我看来像博物馆的陈列品或者植物标本，永远变成一堆枯朽后竟使我忘了，它们也曾有一天在阳光下滋滋润润活过。现在我若对历史感兴趣，是把它想象成现在发生的事。重大的历史事件可以使我感动，但是远远不及诗人或者某些行动家那样引起我的激情。在锡拉库萨我重读了西奥克里特斯[①]，想到他笔下姓名很美的牧羊人，不就是我在比斯克拉喜欢的那些人吗。

每走一步都会想去引经据典，使我步履艰难，也剥夺了我的乐趣。我不能看到一座希腊剧场、一座神殿不立刻在想象中重建。在每个古代节庆时，面对留在原址上的废墟，我伤心这一切都已死亡，而我讨厌死亡。

我渐渐对遗址废墟敬而远之，不去凭吊那些雄伟的古迹，宁可漫游称为大石场的低地花园，那里长的柠檬像橘子那样酸甜；还有锡耶南河的两岸，据埃及莎草纸的记载，锡耶南河水还像痛哭冥后普洛塞耳皮那的日子里那么清。

我渐渐轻视以前使我骄傲的这种学识。原来是我全部生命的那些研究看来跟我只有一种偶然、因袭的关系。我发现自己成了另一个人，快乐的是我在研究之外依然存在。作为专家，我认为自己并不高明。作为人，我对自己又有多少认识呢？我才刚刚出生，不可能预知我生来是谁。这是必须学习的东西。

对于相信要死的人来说，悲惨莫过于长期疗养。自从死神的翅翼碰过以后，原来显得重要的事都不重要了，原来显得不

---

① 西奥克里特斯（Théocrite，公元前315—前250年），希腊牧歌诗人，生于锡拉库萨。

重要的事或者甚至不知道存在的事，倒是重要的了。堆积在我头脑里的一切学识像化妆的粉末那样剥落，有些部位露出了皮肉，露出了隐藏着的真正的人。

从那时起，我声称要发现那个人：真正的人，“老人”，《福音书》弃绝的人；我和我身边的一切——书、老师、家长——都首先企图消灭的人。这个人由于涂满伪装，也就更受歪曲，更难发现，但是也因而更有必要去发现，更有价值。我从那时起轻视这个“第二人”，这是个怎么教怎么学、人云亦云的人。必须打掉这些伪装。

我把自己比作隐迹纸本；学者在同一张纸上发现近代文字下面还有珍贵的远古文字，这时的喜悦心情我也有了体会。这篇遮在下面的文字写的是什么？为了阅读不是首先要把盖在上面的文字抹去吗？

因而我再也不是以前那个体弱勤奋，非常适合老一套严格、约束性的道德观念的人。这不是一种单纯的康复；这是一种提高，生命的再现，更充沛、更沸腾的血液循环，它必然触动我的想法，触动一个又一个想法，渗透一切，撼动和浸染我体内最远、最细微、最秘密的神经纤维。因为身强也罢，体弱也罢，人人都要适应的；人根据本身的力量造就自己；但是这些力量得到提高，让人更有作为，还有……这些想法我在当时并不是都有的，我对自己的描述有点虚假。说实在的，我一点不想，一点不反省；一种幸运的宿命引导着我。我担心仓促回顾会打乱我缓慢神秘的转化。应该让隐没的文字有时间重新显现，不要去重新描绘。这样我不要让我的头脑荒废，而要让它休耕，同时津津有味地去享受自己，享受事物，享受一切在我看来神圣的东西。我们离开了锡拉库萨，我奔跑在连接塔奥米那和莫尔的那条陡峭的公路上，大声叫醒我心中的那个人：一个新人！一个新人！

我那时唯一持之以恒的努力，是有系统地唾弃或排斥一切我认为是受之于过去教育和幼年道德的东西。我抱定宗旨看不起我的知识，蔑视自己的学者情趣，我拒绝去游览阿格里琴托，几天以后，在去那不勒斯的路上，我也没有在壮丽的波赛道尼亚神庙附近停留，那里还保存着希腊的遗风，两年后我又在那里朝拜了我也不知哪个神。

我为什么说到唯一的努力？若不把自己培养成十全十美的人，我会对自己感兴趣吗？这种十全十美谁也没见过，在我心目中也模模糊糊，然而我却意气风发，就是要追求这个目标；我一心一意要健美体魄，晒黑皮肤。我们在萨莱诺不远的地方离开海岸到了拉维洛。这里空气更加清洌，奇峰怪石美不胜收，山谷深不及底，这些景物增添我的力量和欢乐，叫我兴奋不已。

拉维洛位于一座峭壁上，离天还比离海近，朝向波赛道尼亚的遥远平坦的海岸。在诺曼人统治时期，这是一座颇为重要的城镇，如今沦为一个狭长的小村子，我相信我们是唯一的外国人。我们下榻在一座由老修道院改建的旅馆里。它坐落在山的绝顶上，平台和花园都像挂在蓝空中。在布满葡萄藤的墙头后面首先看到的就是海；必须走近墙头才能爬上种有庄稼的斜坡，通过阶梯而不是小道，把拉维洛接通海岸。拉维洛往上又是山。有橄榄树、巨大的角豆树；树荫下长着仙客来；高处是大批栗树，新鲜空气，北方的植物；低处沿海是柠檬树，在山坡上种植的小作物之间排列成行。这是些梯形花园，几乎一模一样；中间一条小径贯通花园的两头。人可以像小偷，悄无声息走进去，在绿荫下梦想；枝叶茂密，遮天蔽日。柠檬芳香袭人，挂在枝上好像一团厚厚的蜡往下滴，在阴影中发白发绿；要解渴的话伸手可及，味道又甜又涩，令人精神一爽。

树荫极其浓密，我走路后还在淌汗，不敢在下面停留。可是阶梯不再使我精疲力竭；我闭着嘴攀登锻炼，我总是加长小憩间的距离，对自己说：我要精神饱满地走到那里，然后到了目的地，自尊心得到满足就是对我的报酬，我大口大口深呼吸，这样好像觉得更有利于空气钻入肺部。我用从前的勤奋照顾身体，日有进展。我有时还奇怪健康恢复这么快。竟至于相信当初是夸大了病情，怀疑有没有病得那么重，嘲笑吐血这回事，遗憾治疗不再需要那么认真了。

起初我不知道身体的需要，采用了愚蠢的治疗方法。我作了耐心研究，在谨慎与治疗方面屡屡想出高招，以致乐此不疲像玩游戏似的。我最感痛苦的是气候一有变化便产生一种病态的敏感。现在肺已经痊愈，我认为这种感觉过敏起因于神经衰弱——疾病的后遗症。我决心克服它。有些农民在田里干活解开上衣，袒露胸膛，我看到这些晒成黑黝黝、仿佛被阳光穿透的皮肤，真觉得美，促使自己也晒成黑黝黝的。一天早晨，我脱下衣服，瞧着自己的裸体；双臂太瘦，两个肩膀再用力也无法往后挺直，尤其是一身白肉，或不如说没有血色的肉，我一见就羞愧难当，流下眼泪。我急忙穿上衣服，不是按照习惯朝阿马尔菲往下走，而是朝长着浅草和青苔的山石走，那里远离人家，远离公路，不会有人看到的。走到那边我慢慢脱衣。风很大，但是阳光也热。我把全身献给太阳的火焰。我坐下，躺倒翻身。我感觉身子底下的硬土；野草抖动，拂过我的身体。虽然在背风处，气流经过我还是颤抖和心跳。不久全身感到一阵热，舒适酣畅；我的精气都流向了皮肤。

我们在拉维洛待了两星期。每天早晨我回到那些山头，进行我的治疗。我穿的衣服过多，不久碍手碍脚，成了累赘；我的皮肤也健康起来，再也不会不停地渗汗，会用自身的热量进行保护。

最后几天已是四月中旬，有一天早晨我进行更大胆的尝试。我说的那些山头有一条山沟，流出一股清泉，喷泻在这里形成了瀑布，水量虽说不大，但是瀑布下面冲击出一个颇深的水潭，潭内积水很清。我有三次走过去，俯身潭边，躺在坡上，心中充满渴望和各种欲念；我长时间观赏光滑的岩底。没有一点污物，没有一株草，阳光照入水中闪忽颤动，绚丽多彩。在第四天，我事前下了决心，来到这个无比清澈的水潭前，不假思索一头跳了进去，全身浸没。很快身子发僵，离开水，躺在草地上晒太阳。那里长着几棵薄荷，香气袭人；我采了几片叶子，搓成一团，在湿的但是发热的身子上擦。我对自己高高兴兴看了很久，再不羞愧。我认为自己还不结实，但以后会的，目前身材匀称，富有感觉，几乎可以说美。

第七章

因而，我的一切行动、一切工作只限于体格锻炼，这当然也包含了我的道德变化，但是在我看来不是别的，仅是一种训练，一种方法，本身就不再叫我满足了。

可是还有一个举动，在你们眼中可能很可笑，但是我还是要说，因为它尽管幼稚却表达了萦绕我心头的需要，在外表上也反映出我内心深处的变化：我在阿玛尔菲时把胡须剃了。

在那天以前，我蓄胡须，头发很短。我也从来没有想过也可以理另一种发型。

可是突然，我第一次一丝不挂躺在岩石上的那天，这把胡子把我难住了；好像这是我无法脱掉的最后一件衣服，我觉得它像假的；胡子修剪整齐，不是尖形的，而是方形的，在我看来既不悦目又可笑。回到旅馆房间，我照镜子，看了碍眼；我直到那时一贯就是这个宪章派人士的样子。午饭吃完，我主意拿定，就到阿玛尔菲。这个城镇很小，市场上有一个简陋的小铺子，我也将就了。那天是集市，铺子里挤满了人，我只得无年无月地等着，但是不论是脏兮兮的剃刀，发黄的剃须刷，气味，还是理发师的谈吐，都未能使我退却。我感到胡须在剪子下脱落，就像揭开了我的假面具。没事！可是后来当我看到自己，充满心中而又努力克制的感情不是高兴而是害怕。我不讨论这种感情，我看到了这种感情。我看到自己五官端正……不，我害怕的是：人家好像一眼看穿了我的思想，而我的思想突然在我看来很可怕。

此外我还留起了长发。

以上是我这个还无所事事的新人要做的一切。我想他还会采取一些叫我吃惊的举动；但是留待以后吧，留待以后——我对自己说——当那个新人得到更多熏陶的时候。我被迫在生活中等待时，保留了一种像笛卡儿说的暂时行动方式。玛塞琳可能会弄不明白。是的，我的目光变了，尤其剪去胡子那天眉宇之间有一种新表情，这都会使她感到不安，但是她太爱我了，不会看透我的；还有我也尽量叫她安心。重要的是她不要扰乱我的自我再认识。为了避开她的耳目，我不得不进行掩饰。

这样，玛塞琳爱的那个人，嫁的那个人，不是我这个“新人”。我对自己再三说这个话，为了怂恿自己掩盖这件事。因而我让她看到的只是一个形象，为了跟过去保持忠诚一致，这个形象一天比一天虚假。

我跟玛塞琳虽然由于不断亲密而日益相互吸引，当时两人的关系还是原样不变。甚至我躲躲闪闪（即是说我不需要自己的思想受到她的评判）也增加了亲近。我要说的是这种游戏让我不断地关注她。可能这种迫不得已的谎言起初使我很不好受，但是我很快就明白了众人心目中的那些坏事（仅举谎言一事为例），只是因为从来没做过才觉得不好做；其实每桩坏事做起来很快也就挺容易的，轻松有趣，再犯也不在乎，不久也就自然了。因而，好比在每件事上，最初的嫌恶之情克服以后，我对躲躲闪闪也乐此不疲，仿佛在挖掘身上的潜能。我每天都有进步，生活更丰富更充沛，朝向一个更美满的幸福。

第八章

从拉维洛到索伦托，一路上山水如画，那天早晨我不巴望在世界上还可看到更美的景色了。山石峥嵘温煦，空气浓厚明净，草青花香，使我满心赞美生的魅力，高兴得竟至于全身飘飘然；回忆或遗憾、期望或欲念、未来与过去全都一起消失了，我认识的生命只是这一瞬间带来而又带走的东西。肉体的欢乐啊！我喊了起来；肌肉的坚实节奏！健康！

一大早我在玛塞琳以前就出发了，她慢腾腾的高兴会抑制我的兴奋，就像她的步子也拖累我走不快。她乘车到波西塔诺来找我，我们约好在那里进午餐。

我走近波西塔诺时，一阵车轮声伴随着一个奇怪的歌声，叫我突然转过身去。起初我什么也没看到，因为正走在峭壁边缘的路角上；然后一辆车子歪歪斜斜蹿了出来；这是玛塞琳的车子。车夫直立在他的位子上，扯着嗓子大唱，挥舞手臂，狠狠鞭打那匹惊慌的马。这么个粗汉！他冲过我面前，我刚好躲让，我叫他也不停下！我往前奔，但是车子跑得太快。看到玛塞琳突然跳车或是留在车里，我都害怕；马一惊跳会把她抛到海里去的……突然马趴下了。玛塞琳下车，要逃；但是我已到了她的身边。车夫一见我就对着我破口大骂。我对这个家伙气透了，他脏话一出口我就扑了上去，粗暴地把他推下座位。我跟他一起滚倒在地，但是没有失去优势；他摔下来好像已经晕头转向。当我看到他要咬我，就对他劈脸一拳打过去，他立刻感到天旋地转。可是我还是不依不饶，用膝盖抵住他的胸口，试图捉住他的双臂。我瞧着他那张嘴脸，吃了我一拳后更丑了；他吐唾沫，流口水，出血，咒骂，啊！这么个坏蛋！说真的掐死他也在情理之中——我或许该这样做……至少我觉得能这样做，但是我相信只是想到警察才让我住了手。

我也费了一番手脚，终于把这个怒气冲冲的家伙牢牢捆绑上。我把他像个包裹似的扔到车里。

啊，接着，我们四目对视，相互拥抱，难以形容啊。危险不是很大；但是我义不容辞地显示了力量，这一切是为了保护她。我也立即觉得我能够为她献出生命……满心喜欢地把整个生命奉献给她……马已经站了起来。把这个醉汉留在车后面，我们两人都坐在驾车座位，技术虽不娴熟，好歹也到了波西塔诺，然后又是索伦托。

这天夜里，我占有了玛塞琳。

你们懂了吗？或许我应该跟你们再说一遍，我对爱情这类事像是个门外汉。可能正因为新奇我们的新婚之夜才如此缠绵……因为我觉得，就是今天回想起来，这第一夜是独一无二的，因为对爱情的等待和爱情带来的惊奇更增添了乐趣，要说明刻骨铭心的爱情，只要一夜就够，我心中牢牢记住的也仅是那一夜。一时一刻的欢笑，欢笑中两个灵魂交融……但是我相信爱情中有一个独一无二的极点，以后灵魂怎么做也无法超越它，灵魂为了使幸福重现的这种努力只会磨损幸福；回忆幸福比什么都妨碍幸福，可惜我始终回忆那一夜……

我们的旅馆位于城郊，四周环绕花园和果园；我们的房间前面有一个很宽的阳台，伸手可以碰到树枝。晨光从敞开的窗户自由地照入。我轻轻起床，温柔地向玛塞琳俯下身。她睡着；我觉得她睡梦中也在笑，由于我强壮，我感到她更娇弱了，她的风韵是一种脆弱。千思万虑袭上我的心头乱成一团。我想她说我是她的一切这不是假话；然后立刻又想："那么我能做些什么使她快乐呢？我差不多整天和天天丢下她不管，她一切都期待于我，而我却把她冷落！啊！可怜、可怜的玛塞琳……"我的眼泪含在眼里；我借口过去身体虚弱来为自己辩解也无济于事；我现在还有什么需要时时照顾自己和自私自利呢？我现在不是比她更强壮了吗……

她脸上已看不到笑容；曙光把一切照亮，让我突然看到她的面孔凄苦苍白——可能黎明来临引起我的忧虑："会不会有一天轮到我照料你？为你发愁，玛塞琳？"我在内心深处喊叫。我身子一颤。我满怀爱、怜悯和柔情在她紧闭的两眼之间轻轻地吻了又吻，温柔，深情，虔诚。

第九章

在索伦托度过的那几天，欢愉而又非常平静。我可曾享受过这样的安宁、这样的幸福吗？以后又享受过类似的……我自始至终在玛塞琳身边，照顾她多于照顾自己，发现跟她聊天就像前一阵子保持沉默一样快乐。

这种闲游的生活，我过得心满意足，她只是把它当作暂时状态才喜欢；我感觉到这一点时最初表示惊讶，但是过后不久也看出这种生活无聊了；我承认这种生活仅能一时为之，我恢复健康后无所事事，第一次在无所事事中产生工作的欲望，我认真地谈到回家；从玛塞琳表现的喜悦来看，我明白她早已在想这件事了。

可是我开始重新考虑的几项历史研究课题，对我已没有原来的情趣。我跟你们说过，自从得病以后，我觉得抽象与中性的历史知识都是空的，我在以前还能够从事语文学研究，比如致力于弄清在拉丁语变形中哥特人的影响有多大，忽视和无视西奥多里克、卡西奥多勒斯、阿马拉松特[①]这些人物和他们令人敬佩的激情，转而只对一些符号和他们的生平感到兴奋。现在同样这些符号，整个语文学在我看来只是一种工具，用以更

---

① 西奥多里克大帝（455—526），东哥特国王。卡西奥多勒斯（480—575），拉丁作家，西奥多里克王朝的大臣。阿马拉松特（？—535），西奥多里克大帝的女儿，阿撒拉里克的母亲。

深地了解这些野蛮国家显现的伟大与高贵。我决心进一步研究这个时代，暂时集中在哥特帝国的最后年代；我们下次去拉文纳，那里是哥特帝国灭亡的舞台，也可作为研究内容。

但是，我要承认，最吸引我的是少年国王阿撒拉里克[①]这个人物。我在想象这个十五岁的孩子，受到哥特人的唆使，奋起反抗母亲阿马拉松特，对拉丁教育暴跳如雷，拒不接受文化，就像烈马要挣脱绑在背上的马具，宁可跟未开化的哥特人厮混，也不与年迈过于明智的卡西奥多勒斯来往，好几年随着一群同龄的无教养的宠臣过一种粗野、花天酒地、纵情声色的生活，惯受骄宠，纵欲过度，才十八岁便去世了。在投入更野蛮、更原始生活的这种悲情中，我看到了玛塞琳跟我打趣说的“我的危机”一类的东西，因为我不再把我的肉体拉扯进去，就可以同意在我的精神上贯彻。在阿撒拉里克的惨死中，我力求自己要把它作为一个教训来看。

我们在拉文纳待了两周，在此以前，我们匆匆游览了罗马和佛罗伦萨。后来没有再上威尼斯和维罗纳去，就提前结束旅行，一路直抵巴黎。我发现跟玛塞琳谈到未来有一种全新的乐趣；至于如何过夏天还没有打定主意；我们两人对旅行都已厌倦了，不要再出门了；我希望在最安静的环境中进行研究；我们想到了位于利兹安和主教桥之间诺曼底林区一块地产——这原是母亲拥有的产业，童年时我跟母亲在那里度过几个夏天，

① 阿撒拉里克（516—534），东哥特国王，西奥多里克大帝的外孙。

但是自从她去世后就不曾去过。父亲把产业的维修和管理都托给一个看守人，他现在也上了年纪，他扣了自己这份工资后，按期给我们寄来地租收入。这是一幢非常舒适的大房子，还有一座有流水穿过的花园，给我留下美好的回忆。屋名叫茂里尼尔；我觉得住到那里挺不错。

冬天我说过要去罗马——这次是去工作，不是去旅行……但是后一项计划很快要颠倒一下；那不勒斯有一大堆信件等了我们很久，其中一封信赫然告诉我，法兰西学院有一个教职空缺，好几次提到我的名字；这只是一个代理职务，但是正因为如此，今后让我有更多的自由；告诉我消息的朋友向我指出，我若愿意接受，只需办几个非常简单的手续，他敦促我接受。我犹豫，首先把这件事看作一种束缚；然后想到在课堂上展示我对卡西奥多勒斯的研究工作可能很有趣……最后这样做会叫玛塞琳高兴，使我下定了决心。主意一旦拿定我只看到这件事的好处。

父亲在罗马和佛罗伦萨的学术界有许多交往，我自己跟他们也通过信。他们给我在拉文纳和其他地方进行研究提供一切方便，我心中只有工作不思其他，玛塞琳也百般小心，照顾周全，努力促成我的工作。

在旅行后期，我们的幸福平淡无奇，使我也没有什么可说的了。人类最美的作品毕竟都是痛苦的产物。幸福有什么可说的呢？没有什么可说的，只有幸福的形成与幸福的毁灭才是值得一提的。我现在跟你们说的一切，都是幸福的形成。

第二部分

第一章

七月初我们到了茂里尼尔，沿途只在巴黎短暂停留，时间只够我们购买生活用品和走访少数几个地方。

我跟你们说过，茂里尼尔坐落在利兹安和主教桥之间，据我知道那是树林最多、雨水最充沛的地区。层峦叠嶂，谷狭涧深，延伸到离奥吉大河谷不远的地方，河谷在此骤然成了一片平原直通大海。看不到地平线，满目是充满神秘的矮树林；有几块农田，但是主要是草地，稍微倾斜的牧场，草长得很密，一年要刈两次，还有不少苹果树，当太阳落下时，树影连成一片，有无人看管的羊群在这里吃草；每块洼地上都有水，不是池塘就是水潭或河流，水流声不绝于耳。

啊！这幢房子我是太熟悉了！蓝瓦盖的屋顶，砖和石头砌的墙壁，壕沟，水面上平静如镜……这是一幢老房子，住上十二个客人也绰绰有余；玛塞琳，三个仆人，有时我也动手帮忙，使一部分房屋恢复生气。我们的老看家叫博卡奇，已经尽其所能叫人整理出了几个房间。这些沉睡了二十年的老家具如今又苏醒了；一切还是像我记忆中一样，板壁不算太破损，房间也还可以住人。为了好好欢迎我们，博卡奇找出了所有他能找到的花瓶，个个都插满鲜花。他叫人把大院子里和花园附近小径上的草都拔掉，地都耙平。当我们到达时，最后一缕阳光正照着屋子，一片凝集不散的雾气从屋前山谷里升起，河流在雾气中时隐时现。还没有到达，我一下子辨出了草的香气；当我重新听到燕子绕着房子飞时的尖叫声，一切往事都袭上心头，仿佛它等候着我，认出了我，在我走近时要把我团团围住。

几天后，屋子变得有点舒服了。我原本可以开始工作的，迟迟不动笔，是还沉浸在大小往事的回忆中，然后一种实在新奇的情绪使我无心做其他事：我们到后一星期，玛塞琳向我透露她怀孕了。我觉得从那时起我欠了她新的情分，她也有权利得到更多的温情。至少在她吐露真情后的最初日子，白天的时间我几乎都留在她身边。我们走到树林附近，坐在我以前跟母亲常坐的那条长凳上，在那里每一时刻过得愈有情味，时间在不知不觉中愈容易消逝。在我一生的这个时期里，没有哪一件事在记忆中特别清晰，这不是我的怀念不够强烈……而是一切事件都交织融合，形成一段完整的幸福岁月，白天与黑夜相连，不分什么时辰，日子与日子衔接，也没有什么意外。

我慢慢恢复工作，思想平静，精神饱满，对自己的力量很有把握，面对未来不急不躁，充满信心，愿望也温和了，这块节制的土地使人不生妄念。

我想，这块土地上的一切都会结出果实，长出有用的庄稼，树立的榜样不可能不对我产生最好的影响。我欣赏这些健壮的公牛，这些怀胎的母牛，在水草丰满的牧场展现了多么宁静的前景。这些苹果树在向阳的山坡上排列成行，预告了夏天的丰收；我梦想这些树枝不久会沉甸甸地挂满了果实。在这里有条不紊的丰盛，怡然欢悦的劳累，长势喜人的庄稼，建立起一种和谐，这不是靠侥幸而是靠经营得来的，一种节奏，一种既是人性的也是自然的美，在这里不再知道应该赞美的是什么，因为大自然处处迸发的旺盛生机和人调节大自然的智巧力量，相互融合成一种完美的协作。我想若不存在需要制服的强有力的野性，这种智巧力量会成为什么呢？若没有限制它，含笑引导它走向灿烂的智巧力量，这种任意迸发的旺盛生机又会是什么呢？我由着自己去梦想这样的星球，在那里一切力量得到最佳的调节，一切消耗得到最佳的补偿，一切交换得到最佳的平衡，这样任何细小的缺陷都会暴露的；然后我把梦想用于生活，为自己创造了一种伦理，这又成为一种科学，就是这样约束性的智慧使自我得到完美的体现。

那么我昨日的骚乱又消失在哪里了？隐藏在哪里了？只要我内心平静，这些骚乱好像从来没有存在过似的。爱情的洪流把它们都淹没了……

可是老博卡奇围着我们献殷勤；他指挥，督促，出主意。我们觉得他有点过分要显示少了他不行。为了不让他扫兴，就要检查他的账目，听他从头至尾说不完的解释，甚至这样他还不完事，我还必须陪他巡视土地。他那神气的长者口吻，滔滔不绝的说话，自命不凡的态度，对自己诚实的标榜，不一会儿惹我恼了火。他变得纠缠不清；为了重新得到安逸，我用尽了一切办法——这时一桩意料不到的事在我与他的关系中增添了一种不同的内涵：有一天晚上，博卡奇报告我说第二天他的儿子夏尔要来。

我说一声“啊！”几乎无动于衷，直到那时为止，我对博卡奇可能有什么儿子从没想过；随后看到我无动于衷的态度使他一怔，他原以为我会表示兴趣或惊异的。

“他原先在什么地方啦？”

“在阿朗松附近的一家模范农庄。”博卡奇回答。

“他现在该有……”我继续问，心里在估计我直到那时不知道存在的这个儿子的年龄，有意说得慢慢的，让他有时间打断我……

“十八岁了，”博卡奇说，“老夫人过世时他才四岁多。哈！现在是个大小伙子啦；过不久他懂的事会比他父亲还多……”博卡奇一说来劲了，什么事都截不住他的话头，即使我明显露出不耐烦的表情。

第二天我已把这件事忘了，夏尔傍晚一到就来向玛塞琳和我请安。他年少英俊，精神焕发，身材柔软匀称，他为了见我们特意穿了一套做客衣服，难看得很，却也没有让人觉得他可笑；他略现腼腆，反使他天生红扑扑的脸更加滋润。一双明亮的眼睛依然充满稚气，使他看起来只有十五岁；他言辞清楚，毫不做作，而且跟他的父亲截然不同的是他不说废话。我已记不得我们第一天谈了些什么，我只顾盯着他看，也就找不到话来说，让玛塞琳跟他寒暄。但是第二天，我第一次没有等待博卡奇过来找我就上农庄去了，我知道那里的工作已经开始。

那里正在修理一个水潭。这个水潭像池塘那么大，不断渗水。渗水口已经找到，要用水泥堵住。必须首先把水潭抽干，这项工作十五年来没有做过。水里有许多鲤鱼和冬穴鱼，有几条非常肥大，游在水底不上来。我很想把其中一部分养在水沟里，另一部分送给工作的人，这样劳动中也增添了捕鱼的乐趣，这话一宣布，农庄里异常活跃：邻村也来了一些孩子混杂在帮工中间，玛塞琳过会儿也来找我们。

当我到达时，水已经下降很多时候了。偶尔水面上掀动一阵波纹，鱼惶惶不安，露出棕色背脊。有的孩子踩着岸边的水洼地，抓住一条发亮的小鱼，扔到清水桶里。鱼惊慌失措，搅动得池水里全是泥沙，一刻比一刻浑浊。鱼多得出人意料。四个农庄长工任意把手伸进水里就可抓到几条。玛塞琳迟迟不来，我感到惋惜，决定自己跑去找她，这时有人大叫发现鳗鱼了。鳗鱼就是不容易抓，顺着指缝溜走了。夏尔直到那时一直待在岸上父亲身边，按捺不住了；他突然脱下鞋袜，把上衣和背心放在地上，然后高高挽起裤管和衬衣袖子，毅然下了池塘。我也立刻学他的样子。

“喂！夏尔！”我喊，“您昨天正是来对了，不是吗？”

他没有回答，但是满面含笑瞧着我，已经忙着捕起鱼来了。我立刻叫他帮我截住一条大鳗鱼；我们四只手合起来才把它抓住……这以后又是一条。塘泥溅到面孔上，有时身子突然往下陷，水一直浸到大腿，不久就全身湿透了。我们玩得很起劲，只是相互喊上几声，说上几句话；但是到了日落时，我发现自己不知道什么时候开始对夏尔用“你”这个昵称。共同行动要比长时间谈话更能促进彼此的了解。玛塞琳还没有来，她也不会来了，但是她不来我不再感到遗憾，我觉得她在反而会叫我们扫兴。

第二天我到农庄去找夏尔。我们两人一齐向树林走去。

我对农庄的土地了解不多，也很少担心自己对这类事不了解，看到夏尔对土地以及佃租的分布情况了如指掌不由得很惊奇；他告诉我——都是我很少去想的东西——我有六家佃户，我可以收一万六千到一万八千法郎佃租，我勉强只能收到一半，这是因为其余半数差不多都花在各项修理和中间人报酬方面去了。他观看农作物时几次微笑，使我立刻怀疑我的土地经营得不像起初我想的，也不像博卡奇对我说的那么出色。我催着夏尔谈这个问题。这类实际事务由博卡奇跟我谈我觉得烦，而这个青年知道怎样叫我听得有趣。我们一天天到各处巡视；地产很多，把角角落落都搜索一遍后，开始更有步骤地工作。夏尔看到有几块土地没有很好耕种，有些地方长上了染料树、刺茎植物和野草，在我面前毫不掩饰自己的脾气；他还会说服我跟他一样痛恨休耕的做法。

“但是，”我一开始对他说，“田间管理不善受损失的是谁？还不是佃户自己么？他的租地收益会有上下，佃租又不会跟着变。”

夏尔有点儿气恼，他毫不客气地说：“这事儿您一窍不通。”我也立刻笑了。“您只看到收入，您就是不看到资本贬值。

您的土地因为种植不良，在慢慢失去价值。”

“如果种植得好些，收益也会好些，我相信佃农会努力去做的；我知道他们对利益斤斤计较，不会不去尽量多收的。”

“您这种说法，”夏尔说，“就是没有把人工的增加计算在内。这些土地有的离农庄很远。就是种上东西也收获不了多少，但是至少土壤不会退化……”

这样谈个不停。有时候要谈上一个小时，我们一边在田里来回走，一边好像在对同样的事重新做出评估，但是我在听，逐渐地，我学到了东西。

“不管怎样，这是你父亲的事。”有一天我不耐烦地对他说。夏尔脸一红。

“我父亲上了年纪，”他说，“订租约，修房子，收佃租，管这些已经够他忙的了。他在这里的任务不是进行改革。”

“那你建议什么样的改革呢？”我说。但是这时他回避了，声称自己不是内行；我再三坚持，才逼他把想法说了出来。

“把佃户荒芜的土地全部收回来，”他终于提出了意见，“佃户让一部分租用的土地休耕，这说明他们付了租金还绰绰有余；他们要是留着不退，那就提高租金——这地方的人都很懒。”他又加了一句。

我有六个农庄，我最愿意去的那个坐落在俯视茂里尼尔的山丘上，叫作瓦尔特里。管农庄的佃农不讨厌，我乐意跟他交谈。离茂里尼尔更近的还有一个农庄叫城堡农庄，用所谓“对半分成制”出租一半，由于业主不在当地，就使一部分牲口归博卡奇所有。这时我心里生疑，开始怀疑诚实的博卡奇本人，要说他没有欺骗我，至少他让许多人欺骗我。是的，他给我留下了一个马厩和一个牛栏，但是我不久发现马厩和牛栏都是虚设的，只是为了让佃户用我的燕麦草料去喂养他自己的奶牛和马匹。那时以前，我听了博卡奇的话很受用，他过一段时间给我编些似是而非的消息；什么死亡啦，畸胎和发病啦，我一切深信不疑。我从未想到会有这样的情况：只要佃户有一头奶牛生病，这头奶牛就必然是我的，只要我的一头奶牛长得非常健壮，这头奶牛就成了佃户的。夏尔不经意中发表的意见和个人看法开始让我如梦初醒；然后很快我恍然大悟。

玛塞琳经我一提醒以后详细清查每一笔账，但是找不出一个错误：账面上博卡奇诚实可靠。怎么办？让他干。但是我一肚子火，至少现在我要尽量不露声色看住这些牲口。

我有四匹马和十头牛：这已经够我折腾的了。这四匹马中，有一匹还被大家叫作“马驹”，尽管它已经三岁多了。这时就要对它进行训练。我开始表现出了兴趣。突然一天有人向我报告说这匹马野性十足，没有人制服得了，最好是把它卖掉。仿佛我会提出疑问似的，他们竟让马儿撞断了一辆小车的前轮子，弄得腿弯也出了血。

这天我好不容易保持了冷静，所以没有发作是不想叫博卡奇难堪。总的说来，他这人软弱多于恶意，我想有错的是那些仆人；但是他们自以为无人可以管得住。

我走到院子里去看那匹马驹。一个仆人正在抽打它，一听到我脚步声走近，又装作抚摸它。我装作什么也没看见。我对马匹还不很内行，但是觉得这匹马很美；是一匹浅枣红色的半纯种马，身材非常俊逸；眼珠灵活有神，鬃毛和尾巴类似金黄色。我看到马没有受伤安了心，要人包扎它的伤口，一句话不多说就走开了。

晚间，我一看见夏尔，试图弄明白他对马驹是怎样想的。

"我相信这匹马很温顺，"他对我说，"但是他们不知道怎样办；他们会弄得它很暴烈。"

"换了你怎么办？"

"先生愿不愿意把它交给我管上一个星期？我负责办好。"

"你怎么训练它？"

"您看着吧……"

第二天，夏尔把马驹牵到草场的一个角落，处在一棵茂密的胡桃树的绿荫下，旁边有一条河绕过。我由玛塞琳陪着到了那里。这是我难以忘却的一个回忆。夏尔用几米长的一根绳子，把马驹拴在牢牢插在地上的一个桩子上。马驹极度紧张，好像猛烈挣扎过了好一阵子；现在它变乖了，不再闹了，比较平静地绕着圈子走；它小跑步，步子一蹦一蹦富有弹性，像舞蹈一样叫人看了入迷。夏尔站在圈子中央，一圈下来突然一跳躲过绳子，时而用语言刺激它或者安抚它。他手拿一根长鞭子，但是我没有看到他使用。他的神态和姿势，他的朝气和欢乐，都表示出驯马像是一桩热烈欢乐的工作。突然——我不知道怎么做的——他跨上马背；马步子先已慢了下来，然后停住；他抚摸过它一会儿，然后一下子我看见他坐在马背上，充满自信，抓住一点马鬃，笑着，俯着身，继续抚摸。马驹稍稍尥了个蹶子，现在它又速度均匀地小跑起来，那么轻盈优美，竟使我羡慕夏尔，对他也这样说。

“再训练几天，放上马鞍它也不会反抗了；两星期以后，夫人也敢往上骑了，它驯顺得像头小绵羊。”

他说得对。几天后，那匹马由人抚摸、梳毛、牵走，都不再存戒心；玛塞琳要是身体许可，是会骑上去的。

“先生您应该来试试。”夏尔对我说。

我从来没有单独骑过马，但是夏尔说他可以在农庄另备一匹马来骑，有他陪伴我高兴极了。

我多么感激母亲在我年幼时带我到马场来！多年前学的基本课程对我还是有用的。我坐在马鞍上并不感到太惊骇，过了一会儿恐惧心理消失，人也自在起来了。夏尔骑的那匹马较肥壮，不是纯种，但是并不难看，尤其夏尔骑术很高。我们习惯每天出外遛遛；更喜欢清晨出发，踩着沾有露珠的草地。我们骑到树林边上，沿途碰动湿漉漉的榛树枝，水滴在身上都湿透了。突然眼前一片地平线，那是宽阔的奥杰山谷，远眺可以看到海。我们待了一会儿，没有下去；夜雾在晨曦照耀下映出颜色，扩散，四处消失，然后我们回头一路奔驰；我们在农庄停留，那里工作才开始；赶在工人前面，又指示他们工作，我们感到又快活又自豪；然后我们突然离开他们；我回到茂里尼尔，这时正好玛塞琳要起身。

我回来时，清新空气让我陶醉，骑快马更使我晕眩，沉溺于慵懒的四肢有点酸硬，但是精神饱满，容光焕发，食欲大振。我兴头十足得到了玛塞琳的同意和鼓励。我回来还没有脱掉护腿套，就往玛塞琳的床边走去，她赖在床上等着我，而我身上还沾着湿草的气味，她对我说她喜欢闻这个气味。她听我叙说马背上的奔驰，晓雾初开的田野，场上的农活……她看起来感到我在生活就像她自己在生活那样快乐——不久我滥用了她的这种快乐；我们骑马外出的时间愈来愈长，有时我将近中午才回家。

可是我尽力留出黄昏和晚上时间备课。我的工作进展顺利；我很满意，考虑以后花点精力把讲义汇编成书不是不可能的。出于一种自然反应，我的生活有了条理和规律的同时，我也要求四周的事物有条理和规律，因而我愈来愈喜欢哥特人的纯朴伦理学；在教学中，我自始至终宣扬无文化，列举值得称颂的理由，这种大胆鲁莽的做法日后也遭到不少指责；同时我对自己身上和周围使人想起的无文化教育的一切，却又不厌其烦地想办法去消除，消除不了就去克制。这种明智或者说这种疯狂，我实现到什么程度才会完呢？

我有两名佃户，租期到圣诞节结束后希望续约，就走来找我。根据惯常的做法，签一份所谓“续约协议”就可以了。我有了夏尔的保证，受到他平时对我谈话的鼓动，等待他们时已打定主意。而他们则又认为佃户不是轻易可以替换的，首先要求降低佃租。当我向他们宣读我本人撰写的“续约协议”，协议内不但提出租金不能减少，还要收回我看到他们闲置起来的几块土地，他们惊呆了。他们听了这话首先假意笑笑：我在说笑话吧。我拿了这几块土地有什么用？它们一文不值；他们没有派用场，这是因为派不上用场……然后看到我一本正经，他们就坚持自己看法，我也坚持自己看法；他们以为用退租相威胁会吓倒我。而我听了这话正中下怀。

“嗨！你们要退就退吧！我不留你们。”我对他们说。我拿起续约协议，当着他们的面撕得粉碎。

这样我手上多了一百多公顷的土地。一段时间以来我已在计划把管理大权交给博卡奇，心想这也是间接交给夏尔；我竟认为自己也可管上一管；然而我没有多加考虑，工作的风险使我跃跃欲试。佃户要到圣诞节才搬走；我们还有时间从长计议。我关照夏尔；他立刻喜形于色，却引起我的不快；他不会掩饰，这又使我感到他实在太有朝气了。时间已经很紧迫了，一年中正是这个时节，头茬收完，空出的田地就等待着第一次耕作。根据惯例，不续约的佃户和新订约的佃户的工作是同时进行的，庄稼一收，不续约的佃户要把土地一片一片让出来。我担心那两名辞退的佃户怀恨在心，进行报复，没料到他们很高兴对我装得殷勤周到（以后我才知道他们从中有利可图）。我趁那时早晚都跑到他们即将归还给我的地里去。天气已经入秋，必须雇用更多人手加快耕种；我们已经买来了钉齿耙、压土滚柱、铁犁；我骑马巡看四处，监督和指导工作，亲自指挥，一呼百应，感到莫大兴趣。

可是在邻近果园里佃户正在摘苹果。苹果落下滚在厚厚的草地上，这是前所未见的大年；人手都不够用了，从邻村来了帮工，雇用他们工作一周；偶尔，夏尔和我帮助他们工作取乐。有人用长竿子打下树枝上的晚熟果子，有人又在一旁搜集自行掉落的过熟果子，经常在深草堆里踩伤了，跌扁了。人走在上面总要踩到几个。草地升起的气味又酸又甜，跟翻土的气味混杂一起。

秋深了。最后几个晴天早晨清新明澈。有时潮湿的空气使远处的景物呈现蓝色，显得更加远了，使散步也就成了远游；乡土好像扩大了似的；有时，相反地，异常透明的空气把地平线拉了过来，好像展翅一飞就能到达那里，我说不清哪种情况使人更加疲乏。我的工作将近结束；我这样说至少可以更加大胆脱出身来。我不去农庄的时候，就陪伴玛塞琳。我们一起上花园去，走得慢慢的，她懒洋洋压在我的手臂上。我们走去坐在一张凳子上，从这里俯视沉浸在晚霞中的山谷。她怀着特有的温柔靠在我的肩上；我们这样待到夜色来临，没有动作，没有语言，感到白昼融化在我们怀里……我们的爱情已经知道包含在多少沉默中！玛塞琳的爱已不是语言所能表达的，我对这样的爱有时几乎感到忧虑。就像微风有时吹皱平静的水面，她有一点点激动也会反映在额头上，她倾听体内一个新生命的神秘躁动；我俯身望着她犹如望着一个清纯的深水潭，不管看得多么深，看到的只是爱，啊！如果这是幸福，我知道我从那时起就愿意留住它，就像用合拢的双手徒然去留住流淌的水。但是我已经感觉在幸福旁边存在着不是幸福的东西，使我的爱情绚丽，就像染上了秋霞。

秋深了。清晨的草一天比一天湿，在树林边缘的背面已不再会干了；天蒙蒙亮时草是白的。鸭子在水塘里展翅扑腾；它们野性十足地乱颠，有时身子飞了起来，嘎声大叫，绕着茂里尼尔哗啦啦飞上一圈。有一天早晨我们一个也没有看到。博卡奇把它们关了起来。夏尔对我说秋天野鸟迁徙季节要把它们关着。不久以后气候变了。一天晚上突然刮起一阵狂风，一种海的喘息，强烈，连续不断，带来了寒流和雨，吹走了候鸟。玛塞琳有身孕，筹划迁入新居，我要细心准备头几堂课，这些早该把我们召回城里了。恶劣气候提前来到，更把我们赶了回去。

本来，农庄的工作需要我们十一月份再回去的。但是我听了博卡奇的冬季安排感到气恼；他对我宣布他要把夏尔送回模范农庄，据他说夏尔在那里还有不少东西要学；我谈了很久，我想到的论据都用上了，还是不能叫他让步；他最多同意缩短一点他的学习期，让夏尔早日回来。博卡奇也没向我隐瞒，同时经营两个农庄不会不遇到很大困难；不过他告诉我，他已看中两名十分可靠的农民，打算雇用在手下工作；可以说是佃农，也可以说是雇农，还可以说是长工；这种做法在这个地方还是一种创举，不是什么好兆头；但是他却说这是我造成的。说这些话已近十月底了，十一月初，我们在巴黎住了下来。

第二章

我们就在帕西附近的S路上住了下来。这套公寓是玛塞琳的一个兄弟给我们介绍的，上次经过巴黎时我们看过房，要比父亲遗留给我的那套宽敞得多，玛塞琳可能有点儿担忧，不但房租较高，而且日后我们会穷于应付各种开支。对她的种种担心，我偏偏说居无定所是如何可怕。我先要自己相信然后有意渲染。确实，名目繁多的安家费用会超出我今年的收入，但是我们的家产相当可观，今后还会增加，我算上我的课时费、著做出版，甚至还有我的农庄的新收益——真是荒唐之至。有什么花费我决不会退缩不前，每天还对自己说，这也是对自己的约束，并可借此打掉我能够感觉或者害怕感觉内心存在的流浪汉情结。

最初几天，我们从早到晚把时间花在采购上，虽然玛塞琳的兄弟非常热心，自告奋勇要帮我们代劳。玛塞琳不久就感到精神不济。然后，一旦安置停当，不但得不到必要的休息，她必须接二连三招待来客。以前我们一直离群索居，而今他们络绎不绝而来，玛塞琳并不习惯社交，既不知道如何减少应酬，也不敢闭门谢客；到了晚上，我发觉她筋疲力尽了。虽然我知道她出于自然原因也会疲劳的，并不感到不安，但还是想方设法减轻她的负担，经常代替她招待客人——这点叫我很无趣，偶尔还代替她回访——这点叫我更加无趣。

我从来不是个健谈的人；沙龙里的琐谈和卖弄才情，都是我无法迎合的；我从前也经常在几家沙龙出入……但是那是很久以前的时代了！以后世道有多么不同？我发觉在其他人面前呆板，阴郁，讨嫌，既使人局促，也使自己局促。唯有你们才是我心中的真正朋友，可是偏偏不巧的是你们当时都不在巴黎，要隔了很久才会回来。不然我不是可以跟你们畅谈了吗？或许你们比我自己还更了解我？我那时心里逐渐的变化和今天跟你们说的一切，我又懂得多少呢？当时在我看来前途是可靠的，我自信对人生也可以完全掌握。

即使我那时眼明心亮，我从于贝尔、迪迪埃、莫里斯和其他许多人——你们跟我一样认识和有看法——会得到什么样的帮助来改正自己呢。唉，我很快发现要他们了解我是难上加难。跟他们谈了几次以后，我就看到自己像在他们的催促下去扮演另一个人，去贴近他们相信我还是本来的那个人，即使装模作样也无所谓；为了避免纠缠不清，人家认为我这人的想法和情趣该是什么，我就装得是什么。人不可能同时真诚与装得真诚。

我还是更乐意见到我的同行：考古学家和语文学家，但是跟他们说话得到的乐趣和激情，并不比翻阅好的历史辞典多。首先我从某些小说家和诗人的作品里，可以希望获得对生活较为直接的理解。但是即使他们对生活有这种理解，必须承认他们并不表示出来。我觉得他们大部分人不是在生活，只是装得在生活就满足了，甚至还有点儿要把生活看作不利于写作的障碍。我不能以此责备他们，我不敢肯定我不会犯这样的错误……此外，我说的“生活”又是指什么呢？——这恰是我愿意人家来告诉我的。这些人无不头头是道地谈到生活中的各种大事，就是不涉及促成这些大事的起因。

至于有的哲学家，他们的任务应该向我提供情况，很久以来我就知道从他们那里会得到什么；数学家和新批判主义者尽量远离这个混沌的尘寰，如同代数学家毫不关心他测量的各种量的存在含义。

回到玛塞琳身边，我向她毫不掩饰我觉得这些交往很无聊。

“他们这些人个个都很相像，”我对她说，“每个人表里不一。跟其中一个人谈的时候，也就像在跟许多人谈。”

“但是，我的朋友，”玛塞琳回答，“您不能要求每个人跟其他人都不一样。”

“他们彼此愈相像，就跟我愈不像。”

然后我更加悲哀地又说：

“没有人了解到什么是生病。他们活着，样子像是在活着，而又不像知道自己在活着。而我，到了他们身边，就不再活了。就拿今天来说吧，我做了些什么？我从九点钟就离开了您。临走前我有时间读一会儿书，这是一天中唯一美好的时刻。您的兄弟在公证人那里等我，离开公证人后他就不让我走了。我只好跟着他去看地毯商，他在家具店也没有放过我，我只能在加斯东那里跟他分手；然后我和菲列普在附近共进午餐，然后我又去找路易，他在咖啡馆等我，跟他一起旁听泰奥多尔的莫名其妙的讲课，完了我还要对泰奥多尔称赞一番；为了拒绝路易星期天的邀请，我只好陪他上阿尔蒂尔家；跟阿尔蒂尔又去看了一个水彩画展览；去阿尔贝蒂娜家和朱丽家投放了名片……筋疲力尽回到家，看到您也跟我同样筋疲力尽，因为您去见过了阿德里娜、玛尔泰、若娜、索菲……现在到了晚上回顾白天做过的事，觉得我这一天过得太没意思，觉得那么空虚，真想把这一天重新抓住，一小时一小时重新开始，我难过得要哭了。"

可是我还是说不清我说的"生活"是什么，也说不清我向往一个更广阔、更自由、不那么受别人牵制、不那么顾忌别人的生活，不就是我感到约束的一个非常简单的秘密么；这个秘密我觉得要神秘得多：我想这是一种重生的秘密；因为我在其他人中间依然是个陌生人，像个从阴界回来的人。首先我只感到一种颇为痛苦的彷徨；但是不久一种更为强烈的感情又出现了。我要说明的是当我那些著做出版后得到那么多赞扬，我并不感到一点自豪，那么现在自豪了么？可能是；但是至少不掺杂任何虚荣心。这是平生第一次意识到自己的本身价值，这就是：使我跟其他人区别和分开的东西，才是重要的，除了我以外没有人会说和能说的东西，才是我要说的。

不久后我开课了，主题正合我的心意，在第一堂课上绘声绘色宣扬自己的新见解。我对盛极而衰的拉丁文明，用艺术的笔法来描绘，它从群众中间兴起，如同一种分泌物，起初表示多血、精力过剩，然后立刻硬化僵死了，反对精神与自然的完美结合，在生命长存的表面下掩盖着生命的萎缩，形成囊肿，精神束缚在里面萎靡不振，衰竭，最后死亡。最后为了把我的想法说绝，我宣称文化来源于生活，也扼杀生活。

历史学家指责我，说我有一种过于轻率作概括的倾向。也有人指责我的方法；称赞我的则是那些根本没有听懂我的人。

下了课，我第一次与梅纳尔克重逢。我跟他交往不多；我结婚前不久，他出发进行他的远征探险，有时相隔一年多不见面。以前我跟他不太投机；他看来很自负，对我的生活不闻不问。看到他来听我的第一堂课很吃惊。就是他的傲慢不逊起初使我跟他疏远，现在又叫我喜欢起来；他对我微笑，由于我知道他很少这样，更显得迷人。最近一场荒唐的、引起轰动的丑闻官司，给报刊提供丑化他的大好机会，曾受到他的蔑视和优越感伤害的人纷纷借机报复；最使他们恼火的是他竟显得满不在乎。

他针对辱骂是这样回答的："你应该让别人自以为有理，因为这样他们得不到别的，也可以聊以自慰了。"

但是"上等社会"大光其火，那些所谓"自尊的人"认为应该对他不屑一顾，同样报以轻蔑。这对我来说又多了一个理由，叫我受到他神秘的磁力吸引，走近他，当众跟他友好地拥抱。

最后几个缠着不放的人看到我在跟谁说话，也就退身走开了；我就单独跟梅纳尔克一起。

听了那些令人恼火的批评和不合时宜的赞扬以后，再听到他对我这堂课说的几句话叫我心里舒坦。

“您把您过去崇拜的东西都烧了，”他说，“这很好，您烧得晚了一点；但是火焰倒是更旺了。我还不知道是否对您正确理解了；您使我惊讶。我不是乐意谈话的人，倒很愿意跟您谈谈。今晚跟我一起吃饭吧。”

“亲爱的梅纳尔克，”我回答他说，“您好像忘了我是个有家室的人了。”

“哦，是的，”他又说，“看到您敢于坦诚地跟我打招呼，哪儿会想到您已不能那么自由了。”

我害怕伤了他的自尊心，更害怕自己显得软弱，对他说我晚饭后去找他。

梅纳尔克在巴黎没有家，每次来了总是住旅馆。他为了这次逗留把好几个房间布置成公寓；他在那里有自己的仆人，单独进餐，单独生活，墙壁和家具丑陋不堪令他窒息，他在上面盖了几块从尼泊尔带回来的名贵布料，他说，光泽褪尽后赠送给一家博物馆。我兴冲冲急着要见他，当我进门时撞见他还在餐桌上；我对打扰了他用餐表示歉意。

“但是，”他对我说，“我不想吃到一半停下来，相信您会让我吃完的吧。您要是来吃晚餐，我就会请您喝设拉子酒，这是哈菲兹[①]歌唱的酒；但是现在太晚了，这要空腹喝；您至少来点利口酒吧？”

我接受了，想他也会一起喝，然后看到只送来一只酒杯，我惊奇了：

“对不起，”他说，“我差不多滴酒不沾。”

“您害怕发酒疯？”

“哦！”他回答，“恰恰相反！我认为不喝酒是一种更沉的醉；我在醉中保持了我的清醒。”

“您却给别人灌酒……”

他笑了。他说：

“我不能要求每个人都有我的品德。我在他们身上发现我的邪恶已很不错了。”

“您至少抽烟吧？”

“也不。这是一种没有个性的、消极的、轻而易举的醉；我在醉中追求的是生命的激奋，不是生命的萎缩。——这事不谈了。您知道我从哪儿来吗？——从比斯克拉。——我知道您不久前在那里呆过，我要循着您的足迹研究。这个瞎了眼的学者，这个书呆子，到比斯克拉又去干了些什么呢？——我这人只是对人家托付的事保守秘密，对我自己得来的消息，我承认我的好奇心是漫无边际的。我于是尽可能到处寻找、挖掘、探听。横冲直撞对我很有用，因为引起了要见您的欲望；以前我

① 哈菲兹（1320—1389），伊朗抒情诗人，生于设拉子。

一直把您看作循规蹈矩的学者，我知道我现在应该看到……还是您给我说说是怎么一回事吧。”

我觉得自己脸红了起来。

“梅纳尔克，我的事您听到什么啦？”

“您愿意知道吗？但是不要怕！咱们两人的那些朋友您都熟悉，也就可以知道我不会在别人面前提起您的。您的课是不是有人懂，您也看到了吧！”

“但是，”我有点不耐烦地说。“可也没有东西说明我对您比对别人更有话说。得了，我的事您听到什么啦？”

“首先，您病了一场。”

“但是这没……”

“哦！这已经很重要。然后有人对我说您乐意一个人出去，不带书本（这时我开始欣赏您了），或者，当您不是一个人时，更愿意有孩子陪着而不是有妻子陪着……不要脸红，否则我不说下去了。”

“不要瞧着我说吧。”

“有一个孩子——我记得叫莫克蒂尔的……是少有的漂亮，也比谁都能偷和骗，好像有不少事可以说的。我找了他来，用钱收买他的信任，这个您知道并不容易，因为我相信他说自己不撒谎时还是在撒谎……他跟我说到您的事，请您告诉我是不是真的。”

梅纳尔克这时已经站起身从抽斗里取出一只小盒子，打开。

“这把剪子以前是您的吧？”他一边说一边向我递过来一件

生锈、断了尖头、弯曲变形的东西；我不用细看就认出这是莫克蒂尔偷藏的小剪子。

“是的；这是，这从前是我妻子的剪子。”

“他说有一天您跟他单独在一个房间里，当您转过脸去时他拿的。但是有意思的不是这件事；他还说当他把剪子藏到长袍里时，他心里明白您在一面镜子里监视他，无意中还看到您的目光反影在窥视他。您看到了偷窃，您什么都没说！莫克蒂尔对您不声不响很惊讶……我也是。”

“听了您跟我说的事我也同样惊讶。怎么！他真的知道我无意中看见他了！”

“这不重要；您在耍小聪明；玩这类游戏这些孩子总是比我们强。您以为逮住了他，其实是他逮住了您……这不重要。您给我说说为什么不声不响。”

“我还要人家来给我说说呢。”

我们好一会儿没有说话。梅纳尔克在房间里踱来踱去，心不在焉点了一支香烟，立刻又扔掉。

“这里面，”他说，“有一种‘观念’，像大家说的，有一种您好像缺乏的‘观念’，亲爱的米歇尔。”

“可能是‘道德观念’吧。”我说，勉强笑了一笑。

“哦！只是财产观念。”

“我不觉得您在这方面的观念很强。”

“我淡薄极了，您可以看这里没有一样东西是我的；甚至连我睡的床也不属于我。我讨厌休息；有了床使人入睡，在安全中进入梦乡；我热爱活着，足以让自己说是清醒地活着，在我这些财富中间保持这种脆弱的感情，从而我可以刺激或者至少兴奋我的生活。我不能说我喜欢冒险，但是我喜欢动荡不安定的生活，愿意生活中每一个时刻要求我献出我的全部勇气、全部幸福和全部健康。”

“那么您又有什么要责备我的呢？”我插入说。

“哦！亲爱的米歇尔，您没有理解我的意思；我也差一点做了蠢事，试图宣扬我的信仰！米歇尔，如果说我对别人的赞成或不赞成全都不放在心上，我也不会费心去对别人表示赞成或不赞成。这些话对我没有多大意思。刚才我对自己谈得太多了，这是以为自己的意思已被理解了，使我把话说了开去……我只是要对您说，对于一个没有财产观念的人来说，您好像占有了许多东西，这很重要。”

“我占有了许多什么？”

“要是您用这种语调谈这个问题，那就没什么……但是您不是自己开课了吗？您不是在诺曼底有地产吗？您不是不久前安了家，在帕西住得很阔气吗？您结了婚。您不是快有孩子了吗？”

“喔唷！”我不耐烦地说，“这只不过证明我懂得让自己过一种比您更‘危险’的生活——像您所说的。”

“是的，只不过如此。”莫纳尔克带着嘲讽说，然后突然转过身，向我伸出手：

“好吧，再见；今晚谈到这里为止，再谈也谈不出更有意思的话了。但是，不久再见。”

我有一段时间没有再见到他。

我忙着关注和操心一些新事情。一位意大利学者向我提到他的新文献已经出版，为了用在我的讲课上，我对新文献仔细研究了一番。我觉得自己第一堂课没有被人听懂，激发我在以后的课中要用不同的更生动的方法阐述；这样我把原先只是作为巧妙假设而试用的东西，被我当成了理论提出来。有多少论证者就是说话不明不白而不被人理解，才有机会显出自己的论证有力！对我来说，我承认我没法分清求助论证的天性中有多少是刚愎自用。我要说明的新内容，因我不容易说清，尤因不容易被人理解，对我来说就显得更加迫切了。

但是语言在行动旁边变得多么苍白无力！梅纳尔克的生活，他的一举一动，不是比我的课堂内容雄辩一千倍么！啊！从那时起，我明白了，古代大哲学家强调道德的教诲，既是言教，更多还是身教！

我们第一次相遇后将近三星期，我家的聚会快结束的时候，我又见到了梅纳尔克。那次宾客来了不少。为了免得每天有人打扰，玛塞琳和我宁可选择星期四晚上门户大开。这样其他日子较容易把门关上。每周四，自称为我们朋友的人登门拜访。家里几间客厅很宽敞，可以接待大批客人，聚会延续到深夜。我想吸引他们来的，主要是玛塞琳的风韵仪态和他们相互交谈的乐趣，因为对我来说从第二次起，就发觉没什么可说的，没什么可听的，掩饰不住内心无聊。我从吸烟室踱到客厅，从小客厅踱到书房，偶尔听到片言只语，很少注意，但是像任意张望一下。

安东尼、艾蒂安、戈德费鲁瓦靠在我妻子的那些精致的椅子上，讨论议会的最近一次投票。于贝尔和路易把我父亲收藏的铜版画拿在手里随随便便乱摺。吸烟室里，马蒂亚斯为了专心听莱奥纳，把一支未熄灭的雪茄放在一张玫瑰木桌子上。一杯橘皮酒泼翻在地毯上。阿尔培一双沾泥土的脚，大大咧咧搁在美人榻上，弄脏了套子。满鼻子吸进去的就是这些东西混杂摩擦而成的灰尘……我突然有一种渴念，抓住所有来客的肩膀往外推。家具、装饰布、版画一沾上污渍，对我来说失去了全部价值；沾了污渍的东西，就像得了病的东西，必死无疑。我真愿意把一切保护起来，加上锁独自享用。梅纳尔克多么幸福，我想，他什么也没有！而我，要保存因而痛苦。其实这一切对我又有什么用呢？……

另一个小客厅里，灯光较暗，中间隔着一层玻璃，玛塞琳在那里接待几名知友，她侧着身子半躺在靠垫上，脸色惨白，我看她那么疲劳，突然大吃一惊，自忖这次接待后不再接待了。时间已经很晚了。我要掏表看钟点，这时在背心口袋里摸到莫克蒂尔的小剪子。

“他这个人为什么要偷这把剪子，既然不久就把它损坏毁灭了？”这时候有人拍我的肩膀；我骤然转过身：是梅纳尔克。

几乎唯有他穿了礼服。他刚到。他请我把他介绍给妻子；

我自己是不会主动做的。梅纳尔克风度翩翩，可说是个美男子；大胡子已经灰白，往下挂，把他这张海盗面孔隔成两爿。眼睛闪烁冷光，表明他的勇气和果断多于善意。他一站到玛塞琳面前我就知道玛塞琳对他没有好感。他们两人寒暄几句后，我把他拉进了吸烟室。

我当天早晨听说殖民部派给他一项新任务，有几张报刊为此登载了他的冒险生涯，尽用一些美好的词句吹捧他，好像忘了前一天还对他进行下流的辱骂，并且把他最后几次探险中的奇异发现，竞相夸大为对国家、对全人类做出的贡献，仿佛他做一切工作无不出于人道的目的；吹嘘他忘我牺牲，热诚勇敢，仿佛他听了这些赞词会感到是一种奖励似的。

我开始祝贺他，刚说了几个字他就打断我说：

“怎么，亲爱的米歇尔，您也来这一套；您一开始倒也没有骂过我。这些蠢话让报刊去说吧。一个伤风败俗的人居然还有一些长处，今天他们好像奇怪起来了。他们对我身上的优点和缺点加以区别和提出保留，我就不会这样做，我只是作为一个整体存在的。我一切顺着我的天性去做，哪个行动我做了有乐趣，这就是信号，说明我应该去做。”

“这会走得很远。”我对他说。

“也在我的估计之中，”梅纳尔克说，“啊！要是我们周围的人都能够相信这点就好了。但是他们中间大多数人却认为只有在强制下才能发挥自己的长处；他们只有穿上伪装才满意。每个人都要做得最不像自己。每个人都给自己找一个老板，然后模仿，他甚至不去选择他要模仿的老板；而是接受一个中选的老板。我相信人性中还有其他东西需要解读的。大家就是不敢。大家不敢翻过这一页——模仿规律，我称它为恐惧规律。人害怕单独存在，人害怕哪儿都不存在。这种精神上的旷野恐惧症很可憎；这是最要不得的懦夫行为。然而人总是单独时才会创造。但是这里有谁在努力创造呢？人觉得自己内心与众不同，这恰恰是他独占的东西，这使每人体现自己的价值——而今大家试图消灭的正是这个。大家都在模仿。大家还说热爱生活呢！”

我听凭梅纳尔克这样说。他说的话恰是我上个月跟玛塞琳说的话；我是应该表示赞同的。不知为什么，出于什么样的懦夫行为，我打断他的话，模仿玛塞琳打断我时说的话，一字不差地对他说：

“亲爱的梅纳尔克，您不能要求每个人跟其他人都不一样……”

梅纳尔克突然闭口了，怪怪地瞧着我，然后，因为厄塞勃正在这时走过来辞别，他毫不客气别过身，走去跟埃克托尔东扯西拉聊了起来。

这话一出口我就觉得愚不可及；尤其令我不快的是会使梅纳尔克相信我觉得他的话是对我的攻击。时间不早了，客人陆续离去。客厅快要走空时，梅纳尔克又来我这儿，对我说：

“我不能这样就离开您，肯定是我把您的话理解错了。至少让我希望这样……”

“不，”我回答说，“我的话您没有理解错……但是这些话没有一点意思；我刚说出口就为这些蠢话难过——尤其觉得这些话会让您看来我恰是您刚才谴责的那号人，我向您申明，对这些人我跟您同样厌恶。我憎恨一切讲大道理的人。”

“他们的确是，”梅纳尔克笑着说，“世界上最可憎的人了。期待他们表示出一点真诚那是白操心，因为他们永远只干他们的原则允许干的事，不这样就认为自己做的事是坏事。我稍一怀疑您跟他们可能是一丘之貉，觉得话到了嘴边就哽住了。我一下了那么难过，这说明我对您的情谊是多么深。我希望我不是对您的情谊，而是对您的看法错了。”

“您的看法确实是错的。”

“啊！是么，”他说着话，把我的手突然抓住，“听着，我不久就要走了，但是我还是要见您。我这次出门比哪一次时间都长。事情也很难预料；我不知道什么时候回来。我应该是两周后动身；这里没有人知道我的行期那么近。我悄悄告诉了您。我天一亮就走的。每次动身的前夕对我来说充满惶恐不安。请您向我证明您不是个讲大道理的人；我可不可以期望您会在我身边度过这最后一夜？”

“但是我们在这以前还可以见面的。”我对他说，有点惊奇。

“不。这两周我谁都不见，我甚至不在巴黎。明天我去布达佩斯，十天后我应该在罗马。离开欧洲以前我要跟各处的朋友拥抱告别。另有一位在马德里等我……”

“那好吧，临行前夕我跟您过。”

“咱们一起喝设拉子酒。”

那次晚会后几天，玛塞琳开始身体不适。我已经说过她经常疲劳；但是她从不抱怨；因为我把疲劳归之于她怀孕，我相信这是自然现象，也从不担心。一名老医生相当蠢，也可能信息不够，一开始又让我们过分安心。可是她又有了新的病状，再加上发烧，使我们决定请来了 T 医生，他是那里最有经验的专家。他奇怪我怎么不及早叫他，并制定了一份她早该遵守的严格饮食制度。玛塞琳勇敢但很不谨慎，直到那天为止一直劳累过度。她的预产期是一月底，那时以前她必须躺在长椅上休息。玛塞琳无疑也有点不安了，人也懒洋洋的，只是她不愿说而已，她非常温顺地遵守限制严格的医嘱。可是当 T 医生给她开了大剂量的奎宁，她知道这对胎儿不利，也有过短时间的反抗。整整三天她心里十分悲痛，仿佛对未来不存希望了，直到那时支撑她的意志垮了下来，抱着一种宗教的隐忍心理，以致病情在以后几天突然恶化。

我对她关怀备至，竭力安慰，还使用 T 医生的原话，T 医生并不认为她的病情有什么严重；但是她极度恐惧，终于使我也惊慌起来。啊！我们的幸福建立在希望上，建立在不可靠的未来上，那有多么危险。我起初只沉迷于过去，我在想此时此刻的享受突如其来地使我陶醉了一阵子，但是未来使现在幻灭更甚于现在使过去幻灭。自从我们的索伦托之夜以后，我全部的爱、全部的生命都是根据未来做出安排的。

我答应留给梅纳尔克的那个夜晚到来了；尽管不忍心撇下玛塞琳，让她单独过整整一个冬夜，我还是尽力要她相信这次见面的重要性和我承诺的严肃性。玛塞琳那晚身体稍有好转，我还是不安心；一名护士代替我侍候她。但是一走到路上，不安的心情再度袭来，我推开它，抵抗它，恨自己没法更好摆脱它。我逐渐进入一种高度紧张、奇异兴奋的状态，既很不同又很相似产生这种状态的痛苦不安，但是这更接近于幸福。时间不早了，我大踏步往前走；天空开始下起了大雪。我很高兴呼吸到更有活力的空气，跟寒冷搏斗，很高兴迎着风雪交加的黑夜；我体味着我的精力。

梅纳尔克听到我来，迎候在楼梯口。他焦急地等着我。他脸色苍白，表情有点呆板。他给我脱大衣，坚持要我换下湿靴子，穿上波斯软鞋。火炉边的小桌子上面放了零食。两盏灯照亮房间，光度还不及炉子。梅纳尔克首先询问玛塞琳的健康；为了免得多谈，我回答说她很好。

"你们的孩子，快生了吧？"

"一个月后。"

梅纳尔克朝炉子弯下身去，仿佛要遮住面孔。他不说话。他好久好久不说话，最后我倒为难了，不知道对他说什么好。我站起身，走了几步，然后走近他，把手按在他的肩上。那时，他仿佛在继续想自己的心事：

"必须选择，"他喃喃说，"重要的是知道自己要什么……"

“嗳！您不想走了吗？”我问他，把握不住我应该怎样理解他的话。

“好像是。”

“您犹豫起来啦？”

“又怎么样呢？您是有妻子有孩子的人，留下来……生活有千百种，每个人只能过其中一种。羡慕别人的幸福，这是妄想；谁也不能借用。幸福不是现成的，而是因人而异的。我明天走，我知道，我已经努力根据我的条件去设计幸福……您应该享受宁静的天伦之乐……”

“我也是根据我的条件设计了我的幸福，”我大声说，“但是我长大了，现在我的幸福束缚着我，有时几乎感到窒息……”

“哈！您会习惯的！”梅纳尔克说，然后他在我面前站住，跟我四目对视，因为我无话可说，他凄然一笑，又说：“以为占有的人，其实被人占有。亲爱的米歇尔，给自己倒些设拉子酒吧，您不会经常尝到的；再吃一些波斯人用来下酒的粉红色糕点。今天晚上我要跟您对饮，忘记自己明天要走了，跟您长谈，仿佛黑夜是过不完似的。是什么使今日的诗歌尤其是哲学成了一堆死文字，您知道吗？是它们脱离了生活。希腊人把生活本身提到理想的高度，所以艺术家的生活在那时就是艺术的一种表现；哲学家的生活，就是他的哲学的身体力行；以致艺术和哲学跟生活是密切结合的，不是相互排斥的，于是哲学丰富诗歌，诗歌表达哲学，这样具备了非凡的震撼力。今天美再也不起作用；行动也不再在乎美与不美；智慧又独行其是。”

“您在按照您的智慧生活，”我说，“为什么不写一部您的回忆录呢？”我看到他微笑，又说：“或者就写一些您的游记吧。”

“因为我不愿意回忆，”他回答，“我相信我在回忆时会阻挡未来，会侵吞过去。我只有彻底忘掉昨天，才会创造每个时刻的新意。从前有过幸福，这对我是绝对不够的，我不相信死去的东西，不复存在与从不存在在我看来是相等的。”

这些话大大领先于我的思想，我听了终于恼火了；我愿意把他往后拉，制止他；但是又找不出话反驳；况且我对自己恼火，更甚于对梅纳尔克恼火。我依然一言不发。他有时像笼子里的困兽踱来踱去，有时俯身向火，长时间不开口，然后突然说：

“更不用说我们平庸的脑袋不知道怎样保持回忆不腐朽！但是回忆是很难保存的；最脆弱的会枯干，最令人心醉的会腐烂，最美妙的以后会是最危险的。令人惋惜的事起初也是很美妙的。”

又是一阵沉默，然后他又说：

“遗憾、内疚、惋惜，这些都是从前的快乐；事过境迁了。我不喜欢往后看，我把过去远远抛开，就像小鸟为了高飞必须离开它的影子。啊！米歇尔，总有欢乐在等着我们的，但是欢乐要找的是一个空的窝，要自个儿待着，让别人像个鳏夫那样向它走去。啊！米歇尔！任何欢乐就像沙漠中的天赐之物，说不上哪一天会腐败变质；它就像阿梅莱斯泉水，据柏拉图说，盛在任何罐子里都要变质的……让时间带来的一切，再由时间带走吧。”

梅纳尔克还说了很多，我现在不能把他的每句话都复述出来；有许多话在我心里铭记不忘，愈是想尽快忘掉愈是记得清；不是这些话告诉了我什么新东西，而是把我的思想突然赤裸裸暴露出来；这种思想我用多少层布严密裹住，我还差不多期望已经窒息了。那个不眠之夜就是这样度过的。

到了早晨，送梅纳尔克上了把他带走的火车后，我独自一人走在路上，要回到玛塞琳身边；我满心悲哀，对梅纳尔克玩世不恭的嬉笑态度深恶痛绝；我愿意这是假装的，我竭力去否认它。我气恼自己找不到话来回答他，我气恼自己说过的几句话，会使他怀疑到我的幸福，我的爱情。我紧紧抓住我的可疑的幸福，像梅纳尔克说的我的“宁静的幸福”；可惜我不能够消除不安，而是妄说这种不安是爱情的养料。我朝向未来，已在未来中看到我的孩子向我微笑；为了他培养和加强我的道德……我决心以坚定的步伐朝前走。

唉！那天早晨正当我走进家，从第一个房间起就异常凌乱叫我一怔。护士迎上来，用缓和的语气跟我说，夜里妻子极度焦虑，后来又感觉痛，虽然她相信还没有到临产期，感觉自己非常不好就派人去找医生，医生夜里就匆忙赶来了，到现在没有离开过病人；然后我想是她看到我脸色苍白，要安慰我，说一切都好些了……我朝着玛塞琳的房间冲去。

房间里灯光幽暗，首先我只是依稀看到医生，他用手制止我出声；然后在暗影有一个我不认识的人影。我惶恐不安，悄声走到床前。玛塞琳闭着眼睛，她苍白得吓人，叫我一开始以为她死了；但是她闭着眼睛把头转向我。在房间的一个暗角，那个不认识的人影在整理和收拾一些东西，我看到发亮的工具、药棉；我看到，我相信看到一块血衣……我觉得站不稳了。我差不多倒在医生身上；他扶住我。我明白了；我害怕我明白了……

“孩子？”我焦急地问。

他愀然耸耸肩。我已不知道自己在做什么，一头扑倒在床上，呜呜哭。啊！突如其来的未来！脚下的大地突然坍塌了，在我面前只是一只大洞，我整个儿身子跌了进去。

这时一切都交织成一片模糊的回忆。可是玛塞琳起初看起来恢复得很快。年初的假期让我有了一点空闲，我几乎整天可以在她身边度过。我在她身边看书，写东西或者轻声念书给她听。我外出总给她带回几株花。我记起我生病时她对我百般关爱，我也以同样多的爱报答她，以致她有时微笑，好像很幸福。这桩意外的悲事葬送了我们的希望，大家都一字不提……

后来出现静脉炎的症状，她开始慢慢衰弱，这时突然血栓使玛塞琳在生与死之间徘徊。这是深夜；我记得俯身看着她，感到我的心随同她的心一起停顿和复活。有多少夜我就是这样守着她！目光盯住她不放，希望用爱情的力量把我的一部分生命注入她的生命中去。我对幸福已不存多少幻想，唯一的苦中乐是偶尔看到玛塞琳微笑。

我的课又开了。我从哪里去汲取备课和上课的力量呢？我失去了记忆，我不知道接连几个星期是怎么过的。可是有一件小事我愿意跟你们重新提一提。

这是早晨，她得血栓后不久；我守在玛塞琳身边，她好像有点好转，但医生还是规定她绝对卧床休息，甚至连胳膊也不应该移动。我弯下腰给她喝水，她喝完，我还弯着腰在她身边，她的目光注视着一只盒子，她要求我打开，声音因心情纷乱而更加低弱。盒子放在桌上，我把它打开，里面都是缎带、饰物和不值钱的小珠宝；她要什么？我把盒子拿到床边，我取出一件件东西。这个吗？那个吗？……不；还不是；我觉得她有点儿不安。“啊！玛塞琳！你要的是这串小念珠！”她勉强一笑。

“你是害怕我对你照顾不够吗？”

“喔！我的朋友！”她喃喃说。我想起我们在比斯克拉的谈话，那次她听到我不指望她所说的“上帝的帮助”，诚惶诚恐地责备我。我有点生硬地又说：

“我是自个儿好的。”

“可是我为你祈祷了多少次。”她回答说。她说这话温柔哀伤。我觉得她的目光流露出祈求和焦虑……她的手无力地放在盖身的被子上，我拿起念珠，往她的手里骨碌一放。她报答我的是充满泪与爱的一瞥，但是我不能够对此做出反应。我又迟疑了片刻，不知做什么，呆着；最后我待不住了，对她说：

“再见。”我离开房间，怏怏不乐，像遭到了逐客令。

可是血栓带来颇为严重的症状。心脏排除的血块使肺部疲劳充血，呼吸受到阻碍，透气困难，还发出嘘嘘声。我想不会再看到她痊愈了。病魔已把玛塞琳缠住，从此以后，她痼疾在身，日益消瘦憔悴。一件东西毁了就是毁了。

第三章

季节变得温和起来。我的课程一结束，就带玛塞琳到了茂里尼尔，医生肯定危险期已经过去，为了使她得到更好的康复，最主要不是别的而是清新空气。我自己也需要好好休息。每夜坚持守着她，长时期的焦虑不安，尤其玛塞琳患血栓时使我产生一种同病的感应，在我心中引起剧烈的心跳，这一切把我累倒了，仿佛是自己病了一场。

我宁愿陪着玛塞琳到山区去；但是她向我强烈表示要回诺曼底的愿望，说那里的气候最适合她，还提醒我应该去看看那两个我冒冒失失接过手来的农庄。她说服我，既然我承担了责任，我就有义务去完成。我们抵达那里，她就立即催我去看地……我不知道她再三温情劝说中是不是包含了极大的自我牺牲，我对她还是应该细心护理，但是又怕我认为有必要留在她身边的同时，会感到自己的自由受到了限制……玛塞琳确实在好转；脸上又泛起血色，最让我感到放心的是她的微笑也不那么凄恻，我可以把她留下来不用害怕。

我于是又回到了农庄。大家在收割第一茬牧草。空气中飘着花粉和草香，起初熏得我头发昏，像喝了浓酒似的。我觉得去年以来我没有真正呼吸过，或者呼吸进去的尽是些灰尘，这里的空气真是沁人心脾。我坐在斜坡上有点醉意，俯视茂里尼尔；我看到蓝色屋顶，平静的河水，四周是刈过草和长满草的田地；后面是小溪的弯道；再后面是森林，去年秋天我跟夏尔在这里骑马散步。一会儿以前听到的歌声愈来愈近了，这是翻草的人扛着叉子或耙子收工回家了，这些农民我几乎全都认识，却使我不愉快地想起我不是作为慕名而来的游客而是作为主人来到这里的。我走近去，向他们笑，跟他们说话，对每个人问长道短。早晨博卡奇已经向我介绍了耕作的情况；此外他还定期写信，不断地让我了解农庄的大小事项。经营不错，要比博卡奇当初跟我说的要好得多。可是几项重大决定等待我去裁定，在那几天我尽力掌管一切，兴致并不高，但是可以把我受重创的生活依托在这项装模作样的工作上。

当玛塞琳有精神接待时，来了几名朋友留宿在我家。他们热情而不喧闹的交往很合玛塞琳的心意，也使我离开家时不致那么勉强。我宁可跟农庄的人来往。我觉得跟他们可以更好学习——不用我向他们多问——不用，我也很难表达我在他们身边、通过他们感到的愉悦之情。我跟自己的朋友交谈，他们没有开口以前，我已知道他们要说的内容，而这些庄稼汉我一看见就赞叹不已。

起初可以这么说，我向他们提问题竭力避免屈尊俯就的样子，他们回答我时却摆出不屑一谈的神气，不久他们较能容忍我的出现。我跟他们接触愈来愈多。我不仅跟他们一起干活，还愿意看着他们玩他们的游戏；他们思想闭塞跟我无关，但是我跟他们同桌用餐，听他们开玩笑，艳羡地瞧着他们玩乐。这类似一种感应，犹如感到玛塞琳心跳时我心也会跳，外界有什么感觉时立即产生共鸣——这种共鸣一点不含糊，而是明晰、尖锐。我的双臂会感到刈草工的酸痛，他疲劳我也疲劳；他喝下去的苹果酒也叫我解渴，我感觉这一口酒顺着我的咽喉流下；有一天有一个人磨镰刀时，大拇指深深割了一道口子，我感到刺骨的痛。

这样，我觉得不仅视觉在教我怎样看乡野，依靠这种奇异感应带来的无形接触，也使我感觉乡野。

博卡奇出现使我拘束，他来了我应该摆出主人的模样，我对此毫无兴趣。我当然不得不下命令，用我的方式指挥干活的人；但是我不再骑马，怕过于高高在上。但是尽管小心翼翼，不让他们看见我出现感到受罪，在我面前压抑自己，我对他们依然像从前那样充满不得体的好奇心。他们每个人生在我看来神秘莫测。我总觉得他们的一部分生活是隐藏不露的。当我不在时，他们做什么呢？我不同意说他们不会玩得更快活。我认定他们每人都有一个秘密，千方百计要侦破它。我转悠，跟踪，窥探。我紧盯那些有充分自然气质的人，我仿佛期待他们的蒙昧会闪出光芒来照亮我的心灵。

其中有一个人尤其吸引我，他长相英俊，身材高大，脑子不笨，但完全受本能的驱使；心血来潮时什么都干，一时冲动下不能自制。他不是本地人，是偶然被人雇用来的。他头两天干得非常出色，第三天就烂醉如泥。有一个夜里，我偷偷走到粮仓里去看他；他仰躺在干草堆上，喝醉了酒沉睡。我瞧了他好一会儿！……有一天他怎么来也就怎么走了。我真想知道他走到哪条道上去了……当晚我听说是博卡奇把他辞退的。

我对博卡奇很光火，要人把他叫来。

“好像是您把皮埃尔辞了，”我说，“您能跟我说说为什么吗？”

我的火气虽然尽力压了下来，还是使他有点不知所措。

“先生总不愿意把一个肮脏的酒鬼留在家里吧，最好的工人都给他带坏了……”

“那些我想留的人我比您更清楚。”

“一个盲流！连他从哪儿来的都没人知道。这在本地影响也不好……哪天夜里他在粮仓里放上一把火，先生就会满意了吧。”

“但这只是我的事，农庄是我的，我想是吧；我高兴怎么管理就怎么管理。以后您要辞退谁的时候请先给我说说您的理由。”

我说过博卡奇是看着我长大的，不管我说话的语调多么伤人，他太爱我了，不会很生气的。他甚至还不把它当一回事。诺曼底农民对于他们不洞悉其动机，也就是对于不牵涉利益的事，常常不以为然。博卡奇只是把这场争论看成是我的孩子脾气。

可是我不愿意在责怪后就结束谈话，觉得自己也太冲动了，找些什么话再来说几句。

“您的儿子夏尔不是马上要来了吗？”我沉默一会儿后决定

问一问。

“看到先生很少问起他，我以为已经把他忘了呢。”博卡奇说，还是耿耿于怀。

“我把他忘了！博卡奇，凭去年我们一起干的事我会把他忘了吗？我还指望他多管一管农庄的事呢……”

“这是先生的美意。夏尔一周后可以来了。”

“那好，我很高兴，博卡奇。”——我让他走了。

博卡奇说得也对，我当然没有忘记夏尔，但是我对他的关心也是很少。跟他热烈交往一阵以后，我对他只感到一种惆怅和淡漠，这怎么解释呢？这是因为我的工作与兴趣已不是去年的工作与兴趣了。我必须承认，我的两个农庄已不像我雇用的人那么引起我的兴趣。夏尔来了，我与他们打交道会受到限制。他这人太理智，也让人过于尊重。因而我虽然想起他内心激动，看到他的归期临近还是有所担心。

他回来了。啊！我的担心是对的，梅纳尔克否认一切回忆也是有道理的！我看到进来的不是夏尔，而是一个举止怪异的先生，戴一顶可笑的圆顶礼帽，上帝！他变了！我感到局促不安，他看到我高高兴兴，我竭力不做出过于冷淡的反应。但是即使这种高兴的样儿也叫我不乐；做作，因而在我看来不真诚。我在客厅接待他的，天色已暗，我没有看清他的面孔，但是有人拿灯进来时，我厌恶地看到他蓄起了连鬓胡子。

那天晚上的谈话可以说沉闷无味，后来知道他什么时候都在农庄，我差不多有一个礼拜有意不去那儿，我又回到我的书本上，跟客人交谈。当我又开始走出去时，一件新工作找上我来。

伐木工开进了树林。每年有一部分木材出售；树林分成十二个面积相等的采伐区，每年轮流供应一批长了十二年的矮树林，还附一些不会再生长的幼树，都堆在一起。

这项工作是在冬季做的，然后根据供销合同伐木工必须在春天以前给采伐区清场。但是指挥伐木的木材商厄特凡大爷粗心大意，有时春天已经到来，采伐区内还堆着木材。那时穿过枯木长出一排嫩枝，伐木工终于来清场时，不少树苗就会遭到破坏。

这一年厄特凡大爷本人是买主，他满不在乎的样子引起我们的恐惧。由于没有人参加拍卖，我不得不以极低价格把木材让给了他；他有把握可以占到便宜，就不急着把低价购进的木材锯开。他把工作拖了一周又一周，这一次说没有人手，下一次又说天气不好，然后又是一匹马病倒了，劳动力抽去养路和其他工作……不知道搞什么名堂！以致到了仲夏季节什么都还没动。

去年遇上这件事我会怒气冲天，今年我却镇静沉着。我不讳言厄特凡给我造成的损失；但是这些砍伐后的森林真美，我在里面散步很高兴，东张西望，窥视小动物，无意中遇到蝰蛇，有时长时间坐在倒地的树干上，树干好像还活着，伤口上还长出几颗绿色的新芽。

然后，一下子到了八月七八号光景，厄特凡决定派人来了。他们一次来了六个，声称在十天内完工，砍伐的林带几乎要跟瓦尔特里相接；为了方便伐木工的工作，我同意由农庄给他们送饭。负责这项任务的是一个叫布特的混混，不久前从军队里学得坏透坏透回来了——我是说他的精神，他的身体则是棒极了；他是我愿意交谈的一个手下人。我不用上农庄就可以见到他。因为这恰是在我又开始出门的时候。一直好几天，我不离开树林，只是在晚餐时才回到茂里尼尔，经常叫人家久等。我装得在监督工作，实质上是观察工人。

有时厄特凡的两个儿子也参加这个六人小组：一个二十岁，另一个十五岁，都是瘦高个儿，身材挺直，面孔线条硬。他们像外国人，后来果然听说他们的母亲是西班牙人。我首先奇怪她怎么会流落到这个地方来，但是厄特凡年轻时是个名副其实的漂泊者，好像在西班牙娶了她。为了这件事，他在本地区名声不好。我第一次遇到那个小儿子，还记得天在下雨，一辆很高的大车运着一大堆树木，他独自一人坐在顶上，仰躺在树枝中间，嘴里唱着或者不如说吼着一首怪里怪气的歌，我在本地还从来没有听过这样的曲子。拉车的马匹认识路，不用人驾辕往前走。我说不出这首曲子对我产生的影响，因为我只有在非洲听到过类似的调子……年轻人很兴奋，好像有点醉了；当我经过时他甚至没有看我一眼。第二天我听说这是厄特凡的一个儿子。为了看到他或者为了等他，我在采伐区停留。树木很快要运完了。厄特凡的儿子只来过三次。他们好像很傲气，我没法从他们那里听到一句话。

布特相反，他喜欢唠嗑，我有意让他明白有什么事跟我尽说无妨；于是他不再拘束，把本地的事一五一十抖了出来。我贪婪地倾听着老乡们的秘密，虽出乎我的意料，但又没满足我的好奇。这就是表面下沸腾的生活吗？不要又是一种新的假象？那也没关系！我向布特提问题，好像以前给哥特人编写不完整的年表。从他的叙述中升起一股深谷迷雾，使我头脑不清，我又不安地吮吸。我从他那里首先知道的是厄特凡跟女儿睡觉。我怕我要是露出一点点不悦之色，一切悄悄话都会停止。我于是微笑，受好奇心的驱使进一步问：

“妈妈呢？她不说一句话吗？”

“妈妈！她死了整整十二年了……他揍她。”

“家里有几个人？”

“五个孩子。您见过的是最大的和最小的儿子。还有一个十六岁，他身子不结实，想当神父。然后是长女，跟父亲已经生了两个孩子……”

渐渐地我听说许多其他事，说明厄特凡的家是个发烫发臭的地方，不管我怎么样，我的想象力就像苍蝇绕着肉飞。有一个晚上，那个大儿子企图强奸年轻的女佣，她挣扎不依，父亲还出面帮助儿子，用巨大的双手抓住她；这时二儿子在楼上继续温情地祈祷，小儿子目睹这一幕津津有味。关于这次强奸，我猜想并不费多少手脚，因为布特又说，不久以后，女佣尝到了味道，试图勾引小教士。

“尝试没有成功吧？”我问。

“他还没有动心，但是不那么顶牛了。”布特回答。

“你不是说还有一个女儿吗？”

“她是来几个要几个；还什么回报都不要。她兴头来时还愿意倒贴呢。还有，在老子家里不能睡；他要揍人。他还说过这样的话，在自己家里爱怎么干就怎么干，别人管不着。皮埃尔，给您撵回家的那个农庄小伙子，他自己没有对外声张，但是有一夜他头上打了个洞才出得来。从那时起，就在城堡的树林里干了。”

这时，我用目光鼓励他。

“你试过吗？”我问。

他装模作样垂下眼睛，嬉皮笑脸说：

“有过几次。”然后迅速抬起眼睛：

“博卡奇大爷的小儿子也干过。”

“博卡奇大爷的哪个儿子？”

“阿尔西德，睡在农庄里的那个。先生不认识他吗？”

听说博卡奇另有一个儿子，我是绝对惊讶了。

“真是这样的，”布特说，“去年他还住在他的叔叔家。但是先生从来没有在林区见过他这倒是奇怪了；几乎每天晚上，他都去偷猎。”

布特说最后几个字放低了声音。他朝我看，我明白要赶快笑一笑。这时布特感到满意，继续说：

“有人偷猎，先生肯定是知道的。喔！森林那么大，不会有什么损失。”

我没有流露出多少不高兴的神情，很快布特又大了胆，我今天想来，他还很高兴对博卡奇阴损几句，向我指出在哪个低洼地有阿尔西德布下的套索，又说明在篱笆的哪个地方我差不多可以肯定逮住他。一条斜坡的高处有一道篱笆墙，阿尔西德通常在六点钟左右钻过墙上的一个小豁口。这时布特和我都饶有兴趣拉了一条铜线，非常巧妙地掩盖起来。然后，布特要我发誓不会揭露他以后走了，他不愿意受到牵连。我躺在斜坡的背面。我等待着。

我白等了三个晚上。我开始想布特是在耍我……第四个晚上，我终于听到轻微的脚步声走近来。我的心急速跳动，突然体味到偷猎者的可恶的欣喜心情……我的套索毫无破绽，阿尔西德一脚踩了进去。我看到他猛地扑倒在地，脚踝套住了。他要逃，又跌倒，像一头猎物那样挣扎。但是我已把他抓住。这是个讨厌的小鬼，眼珠发绿，头发像乱麻，表情狡猾。他踢了我几脚；然后身子不动，试图咬我，没有咬着，就冲着我破口大骂，肮脏下流真是闻所未闻。最后我实在憋不住，放声大笑。这时他突然停止骂，瞧着我，放低声音说：

“您这个冒失鬼，把我腿弄伤了。”

“让我看看。”

他把长袜拉到大头皮鞋鞋面上，露出脚踝，上面一条浅红色血印子。“这没什么。”他微微一笑，然后阴阳怪气地说：

“我把这个事情告诉爸爸，就说是您放的套索。”

“哈！这是你自己放的那个。”

“当然这不会是您放在这里的，这里。”

“为什么不会是我？”

“您放不了那么好。您怎么做的，做来我看看。”

“教教我吧……”

那天晚上，我只是很晚才回去吃饭，因为没人知道我去了哪里，玛塞琳不安心。我可也没有告诉她我放了六个套索，不但没有责怪阿尔西德，还给了他十个苏。

第二天，我和他去查看套索，我感到有趣的是有两只兔子中了圈套；我当然全给了他。休猎期还没有结束。这个猎物拿来怎么办呢？给人看见不是自找麻烦吗？这话阿尔西德没有向我说。最后我还是从布特那里知道的，厄特凡也是个窝藏主，阿尔西德和他之间由他的小儿子牵线。通过这件事我会更深了解到这个胡作非为的家庭吗？我偷猎得更加来劲了！

我每晚跟阿尔西德见面；我们逮住了大量兔子，有一次甚至还抓了个狍子；狍子气息奄奄还没死。我想起阿尔西德兴高采烈把它杀死的情景感到不寒而栗。我们把狍子放到安全地方，厄特凡的儿子夜里会来找的。

从那时起，我在白天不是那么心甘情愿出去，空荡荡的森林对我失去了吸引力。我还是在试图工作；索然无味的无目标工作——因为上学期课结束时，我已经把继续代课一事回绝了，那是吃力不讨好的工作，田野里传来一句歌声，一点杂声，都会使我分心；任何叫声都是一声召唤。多少次我放下书本起身蹿到窗前，却看不到什么东西经过！多少次突然地走了出去……我唯一具备的注意力是一切感官的注意力。

但是当黑夜降临——黑夜现在降临很快——这是我们的时刻，直到那时我没有想到这个时刻那么美；我走出屋子就像走进屋子的小偷。我练就了一双猫头鹰的眼睛。我欣赏更高更摇摆的草，茂密的树木。黑夜使一切凹陷和遥远，土地显得广阔，地面显得深邃。最平坦的道路也像充满了危险，使人感到生存在暗影中的生命到处都在苏醒。

“你的父亲以为你现在在哪儿？”

“在棚子里看牲口。”

阿尔西德在那里宿夜，这个我知道，离鸽子棚和鸡窝不远，到了晚上有人把他锁在里面，他则从屋顶的一个洞里钻了出来；他的衣服还带着家禽的热气味儿……

突然他捡起猎物就往黑暗冲去，好像跌进了陷阱，不做个手势告别，甚至不跟我说声“明儿见”。我知道他回农庄以前——那里的狗见了他都不叫——会去找小厄特凡，把战利品交给他。但是地点呢？我想知道也没法探听出来，威胁、诡计都不奏效；厄特凡家的人都不会让人接近的。我不知道我的疯狂在哪一点上获得最大成功：追逐一个始终在我面前后退的、没有多大意思的秘密，还是过于好奇而编造了这个秘密？但是阿尔西德离开我后去干什么呢？他真的在农庄过夜吗？只是骗得农户深信不疑？啊！我何必自贬身份呢，我只会落得这个下场，既失去他的尊敬又得不到他更多的信任；这使我气恼，也使我失望……

他突然消失了，我留下来格外孤独；我穿过田野回家，踩着沾满露水的草，在黑夜、旷野生活和无拘无束中醉醺醺似的，身上全是汗、泥和叶子。茂里尼尔已经沉睡，玛塞琳房里的灯光像一盏宁静的明灯远远指引我。我说得玛塞琳相信我夜里不出去就睡不着。这是真的：我一想起床就厌恶，我宁可选择粮仓。

这一年猎物极为丰富。野兔、野鸡接连不断出现。布特看到一切平安无事，过了三个晚上以后也兴致勃勃来了，参加我们一伙。

偷猎的第六个晚上，十二只套索我们只找到两只。白天有人来搜查过了。布特向我要了一百苏去买些铜丝，铁丝不值钱。

第二天我很高兴在博卡奇那里看到我的十个套索，我不得不称赞他的劲头。最有意思的是去年我有欠考虑，答应查出一个套索奖十苏，我只得付给博卡奇一百苏。可是布特又拿了他的一百苏把铜丝买了回来。四天以后，同样的事又发生了，又是十只套索被搜去。又给布特一百苏，再给博卡奇一百苏。当我向他道贺时，他说：

“应该受贺的不是我。是阿尔西德。”

“啊！”

太惊讶了会败露我们的事。我控制了自己。

“是的，”博卡奇继续说，“没法不这样，先生，我老了，农庄的事也忙不过来了。孩子代我去查看林子，他熟悉；他也精乖，比我强，知道哪儿去寻找、去发现那些陷阱。”

“博卡奇，我相信他不费多大工夫。”

“每个套索先生给我十苏，我分给他五苏。”

“他当然受之无愧。喔，五天内二十个套索！他工作得不坏。偷猎的人只好收敛一下了。我敢打赌他们要歇一歇手了。”

“喔！先生，抓得愈多，放得也愈多。今年野味卖得很贵，损失几个苏……”

我被人家耍成这样，我有点儿相信他们跟博卡奇也有勾结。这件事使我难受，不是阿尔西德三人串通一气，而是看到他这样欺骗我。布特和他拿了钱去干什么？我不知道，这号人的事我一无所知。他们总是撒谎，为了骗我而骗我。这天晚上，我给布特的不是一百苏，而是十法郎；同时我关照他，这是最后一次了，套索再给搜去，那就不干了。

第二天我看到博卡奇来了，他好像很为难；我立刻变得比他还为难。发生什么事啦？博卡奇告诉我布特天蒙蒙亮才回到农庄，喝得酩酊大醉；博卡奇才说了他几句，布特就用脏话骂他，后来又扑上来，揍了他……

“最后，”博卡奇对我说，“我来想知道先生同不同意（他说到这个字顿了一顿），同不同意把他解雇。”

“博卡奇，我考虑一下，他对您失礼我很不好过。我看……让我一个人考虑一下，两小时后再来吧。”

博卡奇出去了。

留下布特会叫博卡奇脸上无光；赶走布特又会逼他进行报

复。得了，以后事以后再说；好在都是我一个人错……博卡奇一回来：

“您可以跟布特去说我们不想再在这里看见他了。”

然后我等待。博卡奇做什么？布特说什么？只是到了晚上，我才零星听说事情闹开了。布特把真相说了出来。我知道这事首先是从博卡奇家里传出了尖叫声。小阿尔西德在挨揍——博卡奇要来了；他来了；我听到他迈着老人的脚步在走近，我心跳得比偷猎时还厉害。这是令人难堪的一刻！一切崇高的感情都要搁置一边；我会被迫认真对待这件事。编些什么样的解释呢？我要演砸的！啊！我愿意演好我的角色……博卡奇进来了，他说了什么我压根儿没听明白。这荒谬，我只好叫他再说一遍。最后我听出是这么一回事：他相信全是布特一个人的错；令人难信的真相他没有明白过来；是我给了布特十法郎，是干吗？他这个诺曼底人决不会相信这号事。这十法郎是布特偷的，这肯定；还谎称是我给他的，他不但偷还撒谎，无非是隐瞒他偷东西；甭想要博卡奇上当……不再是什么偷猎了。博卡奇揍了阿尔西德，那是因为那个孩子在外面过夜。

好了！我得救了；至少在博卡奇面前一切顺利。这个布特真蠢！当然，那天晚上我没有多大兴致去偷猎了。

我以为一切都已结束，但是一小时后夏尔到了我这里。他不像要说什么笑话，老远就看出面孔比他的父亲还要绷得紧。说到去年……

“嗨！夏尔，好久没有见到你啦……”

“先生要见我，只要上农庄就可以了。我可不会到了夜里去林子里待着。”

“啊！你的父亲对你说了……”

“父亲没跟我说什么，因为他什么都不知道。在他这个年纪有必要知道他的主人不当他一回事吗？”

“注意，夏尔！你说得太过分了……”

“喔！不是么，您是主人！您爱干什么就干什么。”

“夏尔，你完全知道我没嘲笑过谁，我干我爱干的事，这只对我个人有损害。”

他轻轻耸肩。

“当您自己损害自己的利益时，您要别人怎样维护？您不能把看林人和偷猎人都一起保护吧。”

“为什么？”

“因为那时候……啊！得了，先生，这一切对我来说太奥妙了，只是我不高兴看到我的主人和我们逮到的人是一伙的，跟他们一起毁了我们为他所做的工作。”

夏尔说这些话的声音愈来愈自信。他的举止也很高尚。我注意他剪去了连鬓胡子。况且他的话很有道理。我不开口（我还能对他说什么呢？），他继续说：

“谁占有什么就对什么负有责任，这是先生去年教育我的，但是他好像已经忘了。对这些责任应该严肃对待，不应该轻描淡写……否则就不配占有。”

一阵沉默。

"这是你要说的话吗?"

"今晚就是这些,先生;但是如果先生逼我的话,另一个晚上我可能来跟先生说的是父亲和我要离开茂里尼尔了。"

他走时向我深深鞠躬。我还没有时间仔细考虑就喊:

"夏尔!"他说得就是有理……如果说这就是所谓占有……夏尔!我在他后面追;我在黑暗中追上他,很快说,好像让我仓促做出的决定说了算数:

"你可以跟你的父亲去说我要出售茂里尼尔。"

夏尔严肃地行个礼,不说一句话走开了。

这一切荒唐可笑。

这天晚上,玛塞琳没有下楼吃饭,叫人来对我说她不舒服。我满心焦虑,急忙上楼走进她的房间。她立刻要我放心。"这只是感冒。"她这样希望。她着了凉。

"你不能多穿点儿吗?"

"我一发冷就披上了围巾。"

"不是在发冷后穿,在发冷前穿。"

她瞧着我,想对我微笑……啊!可能是这一天开门不利使我心慌意乱——她那时若是高声对我说:"你那么在乎我活着吗?"我也不会更好听在耳里的。我周围的一切显然都在崩溃。我的手抓了东西,也不会留住什么的……我向玛塞琳扑过去,在她苍白的太阳穴上吻个不完。那时她控制不住自己,伏在我的肩上呜呜哭了。

“哦！玛塞琳！玛塞琳！我们离开这儿吧。在其他地方我会像在索伦托那样爱你。你相信我已经变了，不是吗？但是在其他地方你会感到，什么都不曾改变我们的爱情……”

我还没有治愈她的悲情，但是她已抱住了希望！

季节还是那个季节，但是天气潮湿寒冷；最后一批蔷薇花蕾未曾开就萎谢了。我们的客人早已离去多时。玛塞琳病歪歪的，但还不至于无力安排封门，五天后我们走了。

第三部分

我于是又一次试图守住我的爱情。但是我需要的是宁静的幸福吗？玛塞琳给我的以及她本人象征的幸福，让不感到厌烦的人过得风平浪静。——但是因为我感到她疲劳了和她需要我的爱，我就用爱来关怀她，并装得这样做也是我的需要。我感到她痛苦就难以忍受；为了使她摆脱痛苦我爱她。

啊！热情的关怀，情意绵绵的守夜！其他人张扬宗教仪式来加强他们的信仰，我也是这样发展自己的爱情。我对你们说，玛塞琳又恢复了希望。她相信来日方长，而我前途无量。我们像新婚一样逃离了巴黎。但是，从旅行第一天起，她的健康明显恶化；到了纳沙特尔我们不得不停止前进。

我多么喜爱这个岸边青青的湖泊！没有任何山景，宛若来自沼泽地的湖水跟土地长期连接，在芦苇中间渗过。我在一家舒适的旅馆里，给玛塞琳找了一间面对湖泊的房间；我整天不离开她。

她病情严重，从第二天起我从洛桑请来了一名医生。他没必要地急于问清我妻子家庭有没有其他结核病史。我回答说有，可是不知道是谁；但是我不乐意说出我自己就因结核病险些丧命，玛塞琳在照顾我以前从来不生病的。我把一切推在血栓上，虽然医生把这病只看作偶然因素，向我肯定她的病由来已久。他竭力劝我们去阿尔卑斯山区呼吸新鲜空气，肯定玛塞琳到了那里会痊愈的。恰好我的愿望是在恩加丁过冬，玛塞琳健康好转，经得起旅途劳顿，我们又启程了。

沿途的每个情景我都当一件大事记得。天气寒冽，我们带着最暖和的裘皮大衣……库尔的旅馆里闹声不停，使我们几乎无法入睡片刻。我一夜不眠毫不在乎，也不会感到疲劳；但是玛塞琳……我气愤的不完全是这种闹声，而是她不会在闹声中睡着。她多么需要的是这个！第二天天一亮我们就动身了；先在库尔驿站上订了座位；一站站衔接组织良好，我们只一天时间便到了圣里兹。

梯封卡斯登、勒米里埃、萨马登……我记得一切，每个时刻；记得空气清新温和；马铃声叮叮当当；我饥肠辘辘；中午停在客栈门前；我搅拌在汤里的生鸡蛋，麸皮面包和冷的酸酒——这样粗劣的菜肴玛塞琳吃不惯；她几乎什么都咽不下，幸好我想到路上带一些干粮，她吃了一点。夕阳西下，黑影迅速盖满森林的斜坡，这一切就在我眼前；然后又一次停歇。空气更加寒冷刺骨。驿车停下，我们钻进黑夜的中心和清澈如水的宁静；清澈如水……没有其他的词更适用了。在这种奇异的透明中，任何一点点声音都清脆响亮。在夜色中我们又走了。玛塞琳咳嗽……喔！她怎么咳个不停？我又想起苏塞的驿车。我觉得我咳得还好一点呢：她咳得太费劲了……她显得多么虚弱，像换了个人；在暗影中我几乎认不出来了。她的面容多么憔悴！从前她的鼻孔也是那么明显吗？喔！她咳得厉害。这明明是她辛苦照料我得到的结果。我讨厌同情；一切传染病都潜伏在同情里面；只有对强者才应该同情。喔！她支持不了啦！怎么还不到啊！她在做什么？她掏手绢，放到嘴前；转身回避……可怕！她也要咳血了吗？我粗暴从她手里抽出手绢。在微弱的光线下，我看……没什么。这是我多虑了；玛塞琳竭力露出一丝凄笑，喃喃地说：

“不。还不是。”

我们终于到了。正是时候，她快支持不住了。为我们准备的房间不能叫我满意；我们当夜在那里过，第二天就换了。在我看来什么都不够漂亮也不太贵。因为冬季还没有开始，这座大旅馆几乎是空的；我可以选择。我要了两个大房间，光线明亮，家具简单，有一个大客厅相连，客厅一端是一扇凸形大窗，可以看到一个丑陋的蓝色湖泊和一座我叫不出名字的高冈，坡上的树木疏密不匀。我们在窗前用餐。房租贵得离谱，我也不在乎了！我不再授课了，这是真的，但是要卖掉茂里尼尔。以后的事再说吧。此外，我要钱有什么用？我要这一切有什么用吗？现在我成了个强者。我想财产彻底改变跟健康彻底改变对人同样有益……玛塞琳，她需要奢华生活；她是个弱者……啊！为了她我愿意有多少花多少……我对这种奢华生活既厌恶又欣赏。我的感官受奢华的沾染和浸沉，然而又期望到处流浪。

玛塞琳还是有好转，我不懈地照料她奏效了。因为她吃得很少，我为了她开胃预订一些美味佳肴；我们喝上佳的葡萄酒，每天品尝这些外国当地名酒，觉得很有趣，我深信她也会上瘾的。这里有莱茵河酸酒，托卡依甜酒，喝了让人舒畅。我还记起一种奇怪的巴巴格里斯卡，只剩下了一瓶，所以也无从知道它这种怪味在其他瓶子里是不是也有。

每天我们乘车外出；下雪后改乘雪橇，裘皮衣服一直裹住脖子。我回来时面孔发热，胃口大开，然后一夜酣睡。可是我没有放弃任何工作，每天留出一个多小时思考我觉得必须说的话。历史已不再谈；很长以来，我对历史研究的兴趣只限于用它进行心理探讨。我说过我怎么又重新热心过去的呢，这是因为我相信在过去看到了令人迷惑的相似性。我敢于说向死人不停提问题，可以从他们身上获得某些尚未揭示的生活真谛。现在年轻的阿撒拉里克可以自己从坟墓里站起来跟我谈话了；我听的不再是过去的事——一个老答案怎么解答我的新问题呢。人还能做什么？这才是我急于要知道的东西。人直到今天所说的话就是他能够说的一切了吗？他对自己再也没有什么不懂的了吗？他没有什么要否定的吗？这种隐约的感觉每天在我心里加强，就是这些保存完好的宝藏都埋没、掩盖、窒息在种种文化、礼仪、道德下面了。

这时我觉得自己是为了寻觅宝藏而生的；我怀着奇异的热忱进行钩深致远的研究，要做到这一点我知道研究者必须排斥和推开文化、礼仪和道德。

我甚至在别人身上只欣赏他们违情悖理的行为，惋惜他们受到的任何束缚。我还可以说在诚实中只看到约束、俗礼或畏惧。我本来可以把诚实视同难能可贵的品质；而我们的习俗把它变成了平淡的、人际相处的契约。在瑞士，诚实属于安逸的一部分。我理解玛塞琳是需要安逸的；但是我并不向她隐瞒我的新思路。在纳沙特尔时，她已经对这里墙上和脸上透露的这种诚实赞不绝口。

“我自己诚实，这对我已经够了，”我反驳说，“我讨厌那些诚实的人。我不怕他们，但是我也没有什么要向他们学习的。他们也没有什么要说的……诚实的瑞士人！身体健康给他们带不来什么的……没有犯罪，没有历史，没有文学，没有艺术……一株茁壮的玫瑰树，不长刺也不开花……”

这个诚实的国家令我厌倦，这是我早知道的，但是过上两个月，厌倦就成了愤怒，我只想离开。

时间已是一月中旬。玛塞琳身体有起色，还大大好转了；慢慢损耗她健康的持续低烧也消失了，面颊又出现红润的血色，她愿意重新走走，虽然走得很少，不像原来终日病恹恹的。我不费多少口舌把她说服了，这里的空气有益健康，也达到了疗效，现在对她来说最好是南下意大利，那里温煦的春光会把她治愈的——尤其我也不用多费口舌说服自己，我对这里的山厌烦透了。

可是，现在我游手好闲，这段憎恶的往事又浮上了心头，尤其这些回忆萦绕脑际不去。坐雪橇外出，让干冷的空气高高兴兴打在脸上，雪花四溅，胃口大开；——在浓雾中摸索走路，声音奇怪清亮，突然东西出现眼前；——在嵌装密封条的客厅里读书，看窗外的风景；冰天雪地；——苦苦等待雪；——外面世界的消失，怡然自得的沉思默想……喔！再跟她单独上那里去，在清纯、落叶松环绕、与世隔绝的湖面上溜冰，然后晚间与她一起回来……

这次南下意大利，对我就像从高空往下跌一样眩晕。天气很好。随着我们进入愈来愈热愈厚的空气，山顶上挺拔的大树、整齐有序的落叶松和冷杉都不见了，看到的是茂密柔韧、婀娜多姿的植物。我好像离开了超然物外的生活，虽然还处在冬季，想象中到处是花草的芬芳。多少时间来，我们只是对着影子笑。我的节俭使我心欢；然而也沉醉于渴望，就像其他人沉醉于酒。生命的积蓄是美妙的；走到这片包容和富饶的土地前，我的一切欲望都勃发了。胸中充塞着大量潜在的爱，有时从肌体深处涌向头部，使我对一切都想入非非。

这种春天的幻想不久消逝了。高山平地的突然转换可以使我受骗一时，但是我们在贝拉齐、科莫等小镇逗留了几天后，一离开这些盖有房屋的湖岸，又遇到了冬天和雨。我们在恩加丁忍受得了寒冷，但是现在气候潮湿，令人烦躁，不像在山区那样干燥清爽，开始冷得我们很不舒服。玛塞琳又咳嗽了。于是为了避寒，我们更往南方去，我们离开米兰去佛罗伦萨，离开佛罗伦萨去罗马，再从罗马去那不勒斯，冬雨下的那不勒斯是我平生所见到的最凄凉的城市了。我一路上说不出的厌烦。我们又回到罗马，找不到温暖就去找一种表面的舒适。在宾奇奥山租了一套大公寓，房子太大但是地段很好。在佛罗伦萨我们已经对旅馆不满意，就在高里路租了一座精美的别墅，租期三个月。换了别人会希望在里面住上一辈子……我们停留不到二十天。每到一个新地方，我总仔仔细细布置，仿佛住下后再也不走了。一个更强大的魔怪推着我……还必须说的是我们带的箱子不少于八个。其中有一个放满书，旅途中我还没有打开过一次。

我不让玛塞琳过问我们的账目，也不让她试图节省开支。花费当然超支，我知道但也不会长久这样下去的。我已不指望茂里尼尔的钱，它带不来收益，博卡奇写信说他没有找到买主。但是想到前途只会导致我花得更多。啊！我一旦剩下一人，要那么多钱干什么？我想着，我怀着极度不安和无奈的心理，眼睁睁看着玛塞琳的虚弱生命比我的财产萎缩得更快。

虽然她依靠我的百般照料不用操心，但是这种匆匆忙忙辗转各地使她疲劳；但是更使她疲劳的——我现在敢于向自己承认——是害怕我的思想。

“我明白了，”有一天她对我说，“我明白了你的学说——因为现在这是一种学说了。这个学说可能很诱人，”然后她低声加了一句，声调悲伤，“但是它排斥了弱者。”

“就是应该这样。”我立即不由自主地说。

那时我好像感觉到这句不留情面的话，吓得这个弱女子退缩发颤……啊！可能你们会认为我不爱玛塞琳。我发誓我热爱她。她从来没有那么美，在我眼里看来也是如此。她得病后面容更加秀丽，有一种出神的样子。我几乎不再离开她，日日夜夜时时刻刻照顾她，保护她，守着她。她睡眠很浅，我训练自己睡眠比她还浅。我看着她入睡，我又是首先醒来。有时我要到田野或者路上散步，离开她一小时，我不知出于什么爱怜之心，还是唯恐她冷清，马上又回到了她身边；有时我鼓动我的意志，抗议这种桎梏，对自己说："虚伪的大人物，你就是这个德性！"有意强迫自己在外面停留；但是我抱着满怀的鲜花回去，花园早开的花或者暖房的花……是的，我对你们说，我温柔地爱护她。但是怎么说明呢……我对自己尊重愈少，对她爱慕愈深；谁能说出人身上有多少相互对抗的情欲与想法。

坏天气早已过去多时了；季节渐趋温和；杏树突然开花。——这是三月一日。我一早到西班牙广场。农民把田野里带白花的树枝都折了下来，卖花人的篮子里盛满了杏花。我满心喜欢，买了一大捆，由三个人给我送到家。我带了整个春天回家。树枝勾住门框，花瓣雪片似的洒落在地毯上。我到处都放，装满所有的罐子；客厅给我染成一片白色，恰巧那时玛塞琳不在。我已经想到她的喜悦而喜悦……我听到她来了。她在那里。她打开门。她身子摇晃……呜呜地哭了起来。

"你怎么啦？我可怜的玛塞琳。"

我急忙到她身边，温柔地抚摸她。那时她仿佛为自己流泪道歉：

"花的气味叫我不舒服。"她说……

这是一种精细的蜂蜜幽香……我一句话不说，抓起这些无辜的细枝条，折断，带出去一抛，心里很火，眼睛充血。啊！

要是这么一点春意她也不再能忍受！……

我经常回想起她那次哭泣，我现在相信她知道自己生还无望，为了看不得其他春天而流下了眼泪。我还想强者有强的欢乐，弱者有弱的欢乐，强的欢乐会伤害弱者。她呢，一点点欢乐令她陶醉；稍为兴奋一点她就再也忍受不了。她所说的幸福，在我只能说静止，而我不愿意也不能够静止的。

四天后我们又去索伦托。我很失望那里天气并不更暖和。一切都像在哆嗦。风不停地吹得玛塞琳非常困倦。我们愿意下榻在前一次来的那家旅馆；我们又住到原来那个房间……我们惊讶地望着灰色天空下失去魅力的景色，死气沉沉的旅馆花园；当我们恋爱时在那里散步，花园在我们看来是多么迷人。

我们决定乘海轮到巴勒莫，有人向我们称赞那里的气候；我们回到那不勒斯，准备在那里上船，但是我们还是耽搁下来了。然而在那不勒斯我至少不觉得无聊。那不勒斯是一座生气勃勃的城市，历史气息不强加于人。

白天的时刻我差不多都留在玛塞琳身边。到了夜里她累了，早早上床；我看着她入睡，有时自己也上了床，然后她呼吸均匀向我说明她睡着了；我悄声起床，摸黑穿上衣服，像个小偷似的溜到外面。

外面！喔！我真会大声欢叫。我要去做什么？我不知道。白天天空阴霾，现在乌云已一扫而光；月亮几乎是圆的，光芒闪耀；我信步往前走，没有目的，没有期望，没有约束。我用一种新目光看一切，用更专心的耳朵倾听每一个声音；我吮吸黑夜的水气；我用手东摸西摸；我来回溜达。

我们逗留那不勒斯的最后一个晚上，我这样漫无目地闲荡，直到黎明方歇。我回家发现玛塞琳满脸泪痕。她对我说，她惊醒后发现我不在，害怕极了。我要她安静，竭力跟她解释我到哪里去了，答应不再离开她。但是到了巴勒莫的第一夜，我守不住了；我走了出去……最早熟的橘子树已经开花，风一吹香气扑鼻。

我们在巴勒莫只住了五天，然后绕了一大圈又回到泰奥米纳，我们两人都想再看一看这地方。我有没有说过，村庄坐落在山岭高处；车站在海边。把我们带到旅馆的车子必须立刻把我带回车站，我要领取我们的箱子。我站在车子里好跟车夫闲聊。他是住在卡塔尼亚的西西里人，小个子，像西奥克里特斯的诗句那么美，像水果那样发亮、飘香、有味道。

"这位太太多美啊！"他看着玛塞琳走远时声音悦耳地说。

"你也很美，年轻人。"我说。因为我俯身对着他，按捺不住，把他一把拉过来，亲了一下。他笑着听之任之。

"法国人个个多情。"他说。

"不，意大利人才是情种呢。"我也笑着回答他……接着几天我找他，但是我总见不着他。

我们离开塔奥米纳去锡拉库萨。我们一步步沿着第一次旅程倒着走，回溯到我们爱情的源头，在第一次旅程中我一周比一周健康，而现在我们往南走，玛塞琳的病情一周比一周恶化。

我不知道中了什么邪，为什么顽固盲目，甘心疯狂，使自己相信，尤其试图使她相信她需要的是更多的阳光，更多的热，提出我在比斯克拉疗养的情景作为理由……空气确是温和了；巴勒莫的海湾气候宜人，玛塞琳在那里很愉快。在那里，可能她会……但是我可以做主去选择我的心愿吗？去确定我的向往吗？

在锡拉库萨，海洋情况和航班不正常，迫使我们等了一个星期。我不陪玛塞琳的时光都是在老码头度过的。喔！锡拉库萨的小港口！酸酒味，烂泥小路，发臭的小店，装卸工、流浪汉、酒气熏人的水手出出入入。我混迹在边缘人物中间，才是有了好伴。当我的整个肉体都在品尝他们的语言时，我有什么必要去听懂呢？情欲的粗野在我眼里只是健康与精力的一种掩饰。我徒然对自己说他们对自己的贫困生活不可能同我一样有兴趣。啊！我多么愿意跟他们一起滚倒在桌子底下，在微弱的晨光中打着寒战醒来。在他们身边，我变本加厉憎恶奢华舒适，我周围的一切，我健康恢复后这种毫无用处的保护，以及防止我们的身体冒险接触生活的种种预防措施。我把他们的生存想象得更远。我也愿意更远地追随他们，深入他们的醉态中……然后突然我又看到了玛塞琳。她此时此刻在做什么？她在受苦，可能在哭泣……我急忙站起身，奔跑；我回到旅馆，旅馆门口好像有张告示：穷人免进。

无论什么情况玛塞琳还是以一贯的态度迎着我，没有一句责备或一句怀疑，竭力微笑。我们单独用餐；我叫这家普通旅馆给她拿来最佳菜肴。用餐时我想：一片面包，一片奶酪，一根茴香够他们吃的，同样也够我吃的。可能在附近什么地方，还有人挨饿，连这样的粗食也吃不到……现在我桌上的东西可以供他们吃喝上三天。我多么愿意破墙让他们进来一起用餐……因为感觉人家挨饿使我忧郁不安。我又去了老港口，把口袋里满把的零钱任意施舍。

人穷则受奴役；为了吃饭，穷人接受一件毫无乐趣的工作，不能快快活活工作是可悲的，我想，于是我给不少人出钱买休息。我说：不想干，就别干了。我梦想让每个人都有这份悠闲，任何创新、罪恶、艺术不可能没有悠闲而欣欣向荣的。

玛塞琳没有误解我的思想，当我从老港口回来，我不向她隐瞒周围人的凄凉境况。——人就是这样。玛塞琳冷眼旁观，知道我努力要去发现什么；当我责备她过于相信她在每个人身上逐步幻想出来的美德时，她对我说：

“您只有指出他们缺点时才会感到满意。我们把目光盯住某人身上那一点时，会把它渲染和夸大，您知道吗？我们说的是什么就会把它变成是什么。”

我多么愿意她说的话没有道理，但是必须私下承认，每个人身上最恶的本能总是真诚的。然而，我说的真诚又是什么呢？

我们终于离开了锡拉库萨。我心头一直萦绕着对南方的回忆和向往。玛塞琳在船上好了一些……我又见到了海的情韵。

海面那么平静，船行驶的痕迹留在上面不去。我听见滴水的声音，流水的声音，水手洗甲板声，赤脚走在木板上的啪哒声。我又看到洁白一片的马耳他；驶近突尼斯城……我这人是变多了！

气温很高。天气晴朗。一切光辉灿烂。啊！我愿意我这里说的每句话点点滴滴表达出我丰富的官感……现在我徒然努力使我的故事比我的生平更有条理。很久以来，我设法要跟你们说我怎么变成现在这个样的。啊！让我的精神从难以忍受的逻辑中解脱出来！我感到自己心中除了高尚以外没有其他。

突尼斯城。阳光普照但不强烈。阴影还是很浓。空气像是一种流动的光，人和物都沉浸其中。这块触动感官的土地使人满足，但不平息欲望，一切满足都在刺激欲望。

这块土地缺乏艺术作品。我瞧不起那些不识美、只会人云亦云、亦步亦趋的人。阿拉伯人这点非常可贵：他们生活艺术，歌唱艺术，过一天消费一天艺术；他们不把它固定和珍藏在任何作品中。这是缺乏大艺术家的原因与结果……我总是相信这样的人才是大艺术家，他们敢于把某些自然的东西点化成美的东西，使后来看到的人说："我以前怎么没明白这竟是这样的美……"

凯鲁万的夜色很美。这个城市我还不认识，我没有带上玛塞琳去。正当回旅馆睡觉时，记起一群阿拉伯人露天躺在一家小咖啡馆提供的席子上。我走去挨着他们睡。回来时带了一身虱子。

海边的湿热空气大大损害玛塞琳的健康，我说服她当务之急是尽快赶到比斯克拉。那时已四月初。

这次旅程走了很久。第一天我们直抵君士坦丁；第二天，玛塞琳很累，我们只到达埃尔唐塔拉。在那里我们到处寻找，到了傍晚找到一片暗影，在黑夜里比月光更加幽美清凉。它像一股永不干涸的山泉，蜿蜒流到我们跟前。从我们坐的斜坡可以看到平原像着了火似的。这一夜玛塞琳没法睡着；出奇的静和细微的声音都使她不安。我怕她有寒热，听到她在床上翻来覆去。第二天发现她更苍白了。我们又出发了。

比斯克拉。我要来的就是这里……是的；这里是公园，凳子……我认出那条凳子，我康复初期在上面坐过。我那时看一部什么书？……荷马；后来我没有再翻过。这里是那棵树，我要拍拍树皮。我那时多么虚弱！……咦！那里是孩子……不，我一个也不认识。玛塞琳神色庄重！她跟我一样变了。天气这么好她为什么还咳嗽？那里是旅馆。那里是我们的房间，我们的平台。玛塞琳在想什么？她没有跟我说一个字。她一走进房间，就躺在床上；她累了，说愿意睡一会儿。我走出去了。

我认不出那些孩子了，但是孩子认出了我。听说我到了，他们个个都跑了过来。这是他们吗？真令人丧气！发生什么啦？他们都长大了不少。才过了两年，这怎么可能呢……那几张脸原来充满青春朝气，现在都给疲劳、罪恶、懒惰弄得丑陋不堪。什么样的卑贱工作会那么早摧残了这些美丽的身体？像一种崩溃……我向他们提问题。巴希尔在咖啡馆洗盘子，阿苏尔给养路队砸石头，一天才挣几个苏；哈马塔瞎了一只眼睛。谁会相信呢？萨德规规矩矩了，他帮助哥哥在市场卖面包；他好像变傻了。阿吉卜跟着父亲开了一家肉店；他长胖了；他丑；他有钱；他不愿意跟他的穷伙伴说话……体面的职业却教出多少笨蛋！我会在他们中间发现我在同辈中憎恨的东西吗？布巴克尔呢？他结婚了。他还不到十五岁。可笑。也不尽然；当晚我见到他了。他解释说：他的婚姻只是一个幌子。我相信他是个十足的淫棍。他喝酒，变形了……这就是生命留下的东西吗？这就是生命要他们这样的吗！我来了看到他们都是这样，觉得悲痛难忍。梅纳尔克说得不错：回忆是个不幸的编造。

莫克蒂尔呢？啊！他出狱了。他躲了起来。其他人不再跟他来往。我要见他。他是他们中间最英俊的人；他也会让我失望吗？有人把他找到了，带了来见我。不！这个人没有萎靡不振，甚至在我的记忆中他也没有这样出色。他的力量与美都达到了完美的程度……他认出我笑了一笑。

“你坐牢前做了些什么？”

“没什么啊。”

“你偷东西了？”

他不承认。

“你现在做什么？”

他笑了。

“嗨！莫克蒂尔！你要是没事干，你陪我们去图古尔特吧。”我心血来潮要去图古尔特了。

玛塞琳身体不好；我不知道她心里想什么。当我那天晚上回到旅馆，她一句话不说靠在我身上，眼睛紧闭。她的衣袖宽大，卷起来露出瘦削的手臂。我抚摸她，轻轻摇她摇了很久，就像让孩子睡着。这是爱，还是焦虑，还是寒热使她这样发抖？啊！可能还有时间……我就不会停下来吗？我寻找，我找到了我的价值所在：十足的顽固不化。但是我怎么跟玛塞琳说我们明天动身去图古尔特呢？

现在她睡在隔壁房间。月亮早已升起多时，光洒满平台。这种光有点吓人。叫人无法躲开。我的房间铺的是白色石板，反光尤其明显。光通过洞开的窗户流进来。我认出了房间里的月光以及月光里的门影子。两年前月光更往里照……是的，它现在正是在那里往前移动——这时我放弃睡眠走下床。我把肩膀靠在门框上。我认出棕榈树纹丝不动……那天晚上我读到了哪句话？啊！是的，基督对彼得说的话：“现在自己束上带子，到你愿意去的地方……”我到哪儿去？我要到哪儿去……我没有跟你们说的是最后一次我从那不勒斯到了波塞道尼亚，有一天，一个人……啊！我真会在这些石头遗迹前哭一场！古希腊的美显得单纯、完美、带着微笑——被人遗弃了。艺术离我而去，我感到这点。那么给其他什么东西让位了呢？这已不像以前是一种带着微笑的和谐……我也不再知道我服侍的神秘的神。新上帝啊！赐我见识新的种族，新类型的美。

第二天早上，驿车把我们带走。莫克蒂尔跟我们同行。莫克蒂尔快活得像个国王。

恰加、克弗多、姆莱亚……一站站都很沉闷。旅途还要沉闷，走不完似的。我承认，我原来以为这些绿洲会更有生趣。不料满目是一片沙子和石头；然后才有几处矮灌木丛，奇怪地开着花；有时几株试种的棕榈树，由一道暗流灌溉……现在我爱沙漠胜过爱绿洲了……沙漠充满死亡的光荣和排斥一切的壮丽的国度。人的力量在这里显得丑和可怜巴巴。现在其他一切土地都使我厌倦。

“您爱好非人性的东西。”玛塞琳说。但是她自己目不转睛，贪婪地看个不厌！

第二天天气变坏了一点。也就是说刮起了风，地平线暗了下来。玛塞琳不舒服，呼吸进去的沙子使她的咽喉发毛发痒；过于强烈的光线使她的眼睛疲劳；她看了这个严酷的景色伤神。但是现在走回头路已经太迟。几小时后我们到了图古尔特。

这最后一段旅程，虽然是最近发生的事，我记得的却最少。现在回想不起第二天的景色和我刚到图古尔特做的事。但是我还能记忆的是我多么缺乏耐心和做事仓促。

早晨天气特别冷。到了傍晚刮起强烈的西蒙风。玛塞琳旅途中累坏了，一到就上了床。我希望找到一家舒适一点的旅馆；我们的房间糟透了：沙子、阳光和苍蝇把一切弄得灰扑扑，脏兮兮，黯然无光。从清晨以来几乎没有吃过东西，我要人立刻送食品来；但是玛塞琳觉得什么都难吃，我不能勉强她咽下。我们带来了烹茶的茶具。我干起了这些可笑的家务。晚餐时我们就吃了几块干点和这样做的茶，当地的咸水使茶有一种怪味。

为了在最后装得有点美德，我在她身边留到傍晚。突然我觉得自己像脱了力似的。尘土的味道啊！劳累啊！非人力所能克服的悲哀啊！我几乎不敢看她；我知道我的目光不在寻找她的目光，而是可恶地盯住她的黑鼻孔。她脸上的痛苦表情令人可怕。她也没有在看我。我好像接触到她，感到她的焦虑。她咳得厉害，然后睡着了。不时会突然有个颤抖，颠动她的身子。

夜里天气会变坏，趁不太晚时我要知道可以求谁帮忙。我走出去。在旅馆的门前，图古尔特广场、马路甚至气氛，都是怪里怪气的，以致使我相信看到这些的东西不是我。过了片刻我回到旅馆。玛塞琳静静睡着。我刚才怕得没有道理。大家以为在这块异样的土地上危机四伏，这荒谬可笑。我安下心来又走了出去。

广场上的夜生活奇异生动，人来人往都是静悄悄的，白色长袍避人耳目似的溜过去。不知从哪里传过来怪异的乐声，被风吹得断断续续。有个人向我走来……这是莫克蒂尔。他说他等着我，想我会重新出来的。他笑了。他熟悉图古尔特，经常来，知道可以带我上哪儿去。我就由他领着我走。

我们在黑夜中走着；我们进了一家摩尔人咖啡馆。乐声是从那儿来的。有几个阿拉伯女人在里面跳舞——如果这种单调的摆动也可以说舞蹈的话——其中一个握住我的手；我跟她走；这是莫克蒂尔的情妇。他陪着……我们三个人走进那间窄而深的房间，唯一的家具是一张床……一张很矮的床，我们在床上坐下。一只白兔关在房间里，当莫克蒂尔跟兔子玩时，这个女人拉我过去，我也让她拉过去，像给人拉进了睡眠……

啊！我可以在这里装假或者避而不谈——但是既然这个故事已再不是真实的了，我谈谈又怎么样呢……

我一人回旅馆，莫克蒂尔留在那里过夜。时间晚了。天空刮起干燥的西洛哥风；这种风夹着大量沙子，尽管是黑夜还很烤人。我走了几步就全身淌汗了；但是我突然急于要回去，几乎跑着回到那里。她可能已经醒了……她可能需要我……不：窗口是黑的。我等待风稍歇的一刻才开门；进入黑暗，很轻很轻。这是什么声音？我认不出她的咳嗽……我打开灯。

玛塞琳半卧半坐在床上；她的一条瘦胳膊勾住床栏，身子仰起；她的床单、她的手、她的衬衣上面流淌着一长条鲜血；脸上也血污斑斑；两只眼睛瞪着，样子极丑。她一声不响，我比听到任何临终的哀叫更加惊吓。我在她渗汗珠的面孔上寻找一个小部位，难堪地亲上一亲；汗的味道留在我的嘴唇上散不去。我把她的额头和面颊洗干净，清凉一下。我的脚踩到床边的一件硬物。我弯下身，捡起一串念珠，这是她在巴黎讨了去的，她让它掉到了地上；我把念珠放到她张开的手里，但是她的手立刻下垂，又让它掉在地上。我不知怎么办：我要呼救……她的手死命勾住我，把我拽住不放；啊！她以为我要离开她？她对我说：

“喔！你还可以再等。”她看到我要说话又说：“什么都别跟我说，一切都很好。”我又捡起念珠，把它放到她手里，但是她又让它掉下——我怎么说呢？她是有意让它跌落的。我跪在她旁边，拿着她的手放在我的胸前。

她毫不理会，半个身子靠在长枕上，半个身子靠着我的肩膀，好像有点睡着了，但是她的眼睛依然睁着。一小时后她又挺起身；把手从我的手中抽出，拘挛在衬衣上，撕上面的花边。她透不过气。将近天亮，又是一阵吐血……

我的故事已向你们讲完了。我有什么要补充的呢？图古尔特的法国公墓丑陋破败，一半已被沙子淹没……我依靠仅留下的一点毅力，把她从这块凄凉的坟地迁走。现在她葬在埃尔唐塔拉，她喜爱的一座私人花园的树荫下。这一切仅是三个月前的事。这三个月却使事情恍如十年前那么久远。

米歇尔长时间沉默不言。我们也一声不出，每个人都感到一种奇异的不安。我们怎么会觉得米歇尔把他的行为向我们说了以后，也就无可厚非了呢；他向我们慢慢解释，我们不知道在哪一点不赞成，使我们几乎成了他的同谋。我们好像也参与其事了。他说完这件事，声音一点不颤，也没有任何音调改变或者动作表明他有过什么激动与惶惑，或许是他有意摆出玩世不恭的高傲，不在我们面前流露感情，或许是他出于羞愧，害怕用眼泪打动我们的感情，或许是他这人就是没有感情。即使在现在，我也区别不出他身上有多少高傲、力量、冷漠或羞愧。隔了一会儿，他又说：

我承认，使我害怕的是我还很年轻。我有时觉得自己真正的人生还没有开始。请你们现在把我从这里带走，告诉我生活的理由。我不知道到哪里去找。可能是我已经解脱了；但是又怎么样呢？我受不了这种漫无目的的自由。请相信我，这不是我厌倦了我的罪恶——你们要这样称呼也行，而是我必须向自己证明我没有逾越我的权利。

当你们刚刚认识我的时候，我的思想坚定不移，我知道这样才会造就真正的人；现在我不这样想了；但是我相信是这种天气引起的。这里常年一片蔚蓝，比什么都叫人思想消沉。在这里做任何研究工作都是不可能的，欲望后面紧跟着肉欲。我受到美好人生与死亡的包围，觉得幸福太现实了，沉浸于幸福又太乏味了。我大白天躺在床上，为了混过漫长沉闷的日子和难熬的空闲。

你们看一看那里，我把一些石子放在阴影里，然后我长时间抓在手心，直到石子表面安神养心的凉意完全消失。于是，我又开始了，换上其他石子，把那些不再凉快的石子再放在阴影里。时间过去了，然后晚上来了……把我从这里带走吧；我自己已无能为力了。我的意志中有什么东西垮了；我甚至不知道从哪里获得力量离开埃尔唐塔拉。有时我害怕被我取消的东西在进行报复。我愿意重新开始。我愿意抛弃余留的财富；你们看这几面墙上还挂了一些……这里我几乎不靠什么在过日子。一个半法国血统的旅馆老板给我准备一点食物。看见你们进门就跑掉的那个男孩早晚给我送来，换取我给的几个苏和几下爱抚。这个孩子一见外人胆怯怕生，跟我像一条狗那么温和忠诚。他的姐姐是乌尔特-那依尔山区人，她每年冬天上君士坦丁，向旅客出卖肉体。她非常美，头几个星期，我容许她有时在我身边过夜，但是有一天早晨，她的弟弟小阿里撞见我们睡在一起。他显得非常不高兴，五天不愿意回来。可是他不是不知道他的姐姐是怎样谋生的。他以前谈到这件事，语调里没有半点为难……他嫉妒了吗？不管怎样，这个捣蛋鬼达到了自己的目的；因为一半是厌了，一半也是害怕失去阿里，闹了那件事以后，我不再留那个姑娘过夜。她并不介意。但是我每次遇见她时，她笑笑，开玩笑说我要男孩不要她。她认为我留在这里主要是为了他。可能她不是没有一点道理……